悪役令嬢はバッドエンドを回避したい

目次

悪役令嬢はバッドエンドを回避したい

プロローグ

彼の愛は遅効性の猛毒に似ている。

最初は気付くことなく甘やかされ、少しの違和感を抱く頃にはあっという間に包囲網を敷かれ、最終的にはドロドロに煮詰めた愛という名の猛毒にわたしは殺されるのだ。

◇
◆
◇

グチュリグチュリと淫《みだ》らな水の音が自分の中心から溢《こぼ》れ出る。

鏡に映る自分は一糸纏《まと》わぬ姿。はしたなく足を広げ、背後で貫く男のモノを美味しそうに咥《くわ》え込んでいる。度重なる男との情交により、身体は快楽に蕩《とろ》け、今や陥落寸前といったところ——それをなけなしの矜持でなんとか堪《こら》えようと唇を強く噛もうとしたのに、わたしのその僅かな抵抗すら男は許さなかった。

「シルヴィア。噛むのであれば私の指にしておきなさい」

言葉通りに彼はわたしの口内に長い指を割り入れる。けれど侵入した彼の指は柔らかく上顎をなぞり、次いで短い爪で舌を引っ掻く。それは明らかにわたしの官能を誘発させようとしているに違いなかった。

「ふっ……んんっ」

洩《も》れる声はどうにも甘く、息苦しさから頬が上気する。しかしそれが男の劣情を煽ったようで、ゴクリと唾を呑み込む音が聞こえた。

自分を嬲《なぶ》る男にこれ以上好き勝手はさせたくはない。せめてもの反抗で口内を犯す彼の指を噛もうとしたのに、すっかり力の抜けた身体では子猫がじゃれる程度の甘噛みとなってしまったことが悔しい。

「……まだ私に反発する余力があるのかい？」

言葉とは裏腹に彼の声は愉悦を含んでいる。わたしのうなじを舌で舐めながら、時折吸い付いては赤い所有印を刻んでいく。ただでさえ皮膚が薄く、敏感な場所だ。その上、幾度と重ねられた行為によって、すっかり鋭敏になり、少し触れられただけで背筋に甘い痺れが走る。

自分の意思とは裏腹に淫《みだ》らに反応するわたしが面白いのか男は執拗に首筋を舌で責め立てる。男の好きなように弄《もてあそ》んで甚振《いたぶ》られるわたしはすっかり玩具に成り下がった。だというのに、身体は男の与える快楽に悦《よろこ》んでしまう。

そうしてクタリと力が抜けたところで、男は反発した罰だといわんばかりに甚振《いたぶ》られて赤く色付いた乳頭を引っ掻く。痛いことをされているはずなのに、一際甘い声を上げた自分のはしたなさが恥ずかしくて仕方がない。俯《うつむ》いて眼を閉じると背後から自分を貫く彼の大きさがより鮮明に感じて、どこにも逃げ場がないように思える。

(今夜だけで何度抱かれたのかしら？)

朦朧とする意識の中で考えたところで、正しい数なんか数えられようもない。

「……シルヴィア、ほら目を開けて。鏡に映る自分の姿を見てごらん」

自分を呼ぶ男の声がやけに甘く、情欲を孕んでいる。恐々とした気持ちで命令に従ったのは、支配者である男の機嫌をこれ以上低下させない為。そもそも男の機嫌が悪いのは今宵、わたしが逃走を決行しようとしたからだ。綿密に算段を立て、男が王城に招集される時間を見計らって計画を実行したというのに、最初から全て筒抜けだったらしく、あっさりと捕まえられ、そのまま男の寝室に連れ込まれてしまったのだ。

部屋に入れられてすぐに、服は全て脱がされ、ベッドに腰を降ろした男の膝に抱えられる。無遠慮に足を開かれたことに対する羞恥は何度経験したところで慣れるものではない。屈辱に顔を歪めるが、それ以上にわたしを辱めたのは普段設置されていないベッドの脇に用意された大きな姿見の存在だ。

(……なんで、こんなモノが！)

鏡越しに男の眼と視線が合わさる。理知的で鋭い鳶《とび》色の瞳を細め、困惑するわたしの様子を楽しんでいるように見え、悪趣味だと思った。

それは明らかにわたしの痴態を見せつけることを目的として置かれており、視線を外そうとすれば、その度に意地悪く甚振《いたぶ》り、快楽の淵に追い詰めようとする。

だから仕方ない気持ちで命令通りに瞼《まぶた》を持ち上げると鏡に映る淫《みだ》らな姿の自分と目が合った。燃えるような紅い髪は甘美な陶酔を表すかのように乱れ、キツい印象を抱かせるやや釣り上がったアーモンド型の瞳は与えられた悦楽に媚びるように蕩《とろ》けさせている。

わたしを抱く男はいくつもの勲章が付いた豪奢な軍服をきちんと着込んでいるというのに、わたしだけが裸で抱え込まれていることが羞恥を増長させてならない。

「叔父様。お願いですから、もう止めて下さい……」

弱々しく首を横に振って、懇願しても、彼がこの行為を終わらせてくれないことくらいもう分かっている。

だからこそせめてもの反抗として、鏡越しに叔父を涙目で睨みつければ、男は凶悪な笑みを浮かべた。

「嗚呼。きみは本当に男の情欲というものが分かっていないね。そんなに快楽で蕩《とろ》けた瞳で熱く私を見やっては、それこそ逆効果というものだよ」

ねっとりとした視線とは裏腹に彼はわたしの腰を浮かせ、容赦なく弱い場所を突き上げる。

既に限界だと思うくらいに深く貫かれ、潤沢に濡れそぼったソコは細かく痙攣《けいれん》しながら、男根を搾り取ろうかとするかのように締め付ける。無意識の内に淫《みだ》らに彼の剛直を咥《くわ》え込む自分の姿を鏡で見ると恥ずかしさから肌が赤らむ。開いた足を閉じようと力を込めようとしても、男はいとも容易くそれを阻み、仕置だとして、わたしの秘豆を容赦なく扱き上げた。

「ひっ、ああっ！」

強過ぎる刺激に身も世もなく喘ぐことしかできず、簡単に絶頂させられ、身体を戦慄《わなな》かせる。

真っ白になった思考の片隅で、どうしてこんなことになったのかとわたしは密かに嘆いた……。

(もしも、もしも、この世界が乙女ゲームの世界だと思い出さなければ、レオンが異常者だということを思い出さなければ、こんなことにならなかったのかしら?)

――その問いに答える者は残念ながら誰も居なかった。

第一章　受け入れたくない現実

記憶さえ戻らなければ、その日はシルヴィア・スカーレットの人生の中で間違いなく最高の一日になるはずだった。

穏やかな午後の日差しに、王宮ご自慢の薔薇園でのお茶会。庭の角で王宮お抱えの音楽隊が奏でているのはこの国では有名な春の訪れを喜ぶ曲。初めての婚約者との顔合わせにはこれ以上ないほどのシチュエーションが整えられている。

だからこそ失敗してはいけないと、隣に立つ母の横で背筋をしゃんと伸ばす。緊張を悟られないように笑みを浮かべながら挨拶の口上を述べれば、王妃からも合格だといわんばかりに微笑み返され、内心ほっとした。

——社交において笑顔は最大の武装であり、鎧でもあるといっていたのは教育係のニーナだったか。

今日の顔合わせの為に朝早くから新調した赤いドレスに身を包み、燃えるように紅い髪は緩く巻き、薄くメイクを施された後に鏡で何度も出来栄えを母によってチェックさせられていた。そのお陰でどの角度がより自分が魅力的に見えるかきちんと頭に叩き込めている。

人は美しいものが好きだ。

シルヴィアは十歳にして周囲の大人達によってそのことをよく教え込まれていた。人よりも見た目が優れている分、注目や期待がされやすいことも自覚している。

教養や礼儀等のエチケットをしっかりと守らなければ、人からの反感も受けやすく、ひいては家名に傷を付ける可能性すらあるだろう。

格式高い公爵家に生まれたからには、まだ子供だからということを理由に人前で粗相《そそう》をすることは許されない――まして自分の家よりも身分が高い相手なら尚更。

注目されることは慣れているし、それに対応する為の社交術だって習ってきた。王家の人間が集まる場に参加することは初めてだけれど、お茶会だって何度も経験している。

恐らくそれらも全て、今日の為の前座に過ぎなかったのだろう。

両親は、回数を重ねてわたしが王族の前でも失敗なんかしないと踏んだからこそ、アルベルト殿下との顔合わせを計画したのだ。けれど……

「……うそでしょ？」

粗相《そそう》をしないように気を張っていたつもりだった。しかし、王妃の背に隠されていた第一王子のアルベルト様と目を合わせた途端。頭の中でカチリとパズルのピースを嵌《は》め込むような音が聞こえた気がして、その瞬間、礼儀作法をすっかり忘れたように、立ち尽くしてしまった。

「どうしたの？」

真っ先に声を掛けたのはアルベルト様本人だった。

彼の挨拶を受ける前に、ぽかんと口を開け、まじまじと殿下を見つめるわたしは社交界においては無礼極まりない。

だというのにわたしの態度を咎めることもなく、形の良い眉を下げてわたしの顔を覗き込む姿は、確かに噂で聞いていた心優しい王子そのものに見える。

本来であれば相手に安心感を与える態度のはずなのに、今のわたしにはどこか作り物のように思えて鳥肌が立つ。

（……どうして、彼が！）

きっと記憶さえ取り戻さなければ、わたしだって周囲の人間同様に王子の態度に感銘を受けたはずだった。

けれど、わたしは彼が『誰』であるかを正確に認識したがゆえに、本能的な恐怖から足を震わせていた。


だってわたしは彼を思い出したのだ。

彼の本性も。

『悪役令嬢シルヴィア』に対する仕打ちも。

何もかも全て。

彼と目を合わせたことで思い出してしまった。

絶対にこの婚約を成立させてはならない。もしもそんなことをしてしまえば、わたしに待っているのは身の破滅だ。

その前に、王族の前で場を乱したことへの謝罪は口にしなければと思った。

しかし幼い身体が膨大な知識量に耐えられなかったのか、ひゅうひゅうと息を吸い込むことすら難しく、呼吸が乱れる。目には生理的な涙が溜まり、視界がどんどんとぼやけていく。

「シルヴィアっ！」

胸を押さえながら倒れるわたしが最後に聞いたのは、切迫したお母様の声だった。

この日、シルヴィア・スカーレットは人生で最高になるはずだった日に人生最大の失態を犯すことになった。

◇◆◇

（嘘でしょ。嘘でしょ！　どうしてわたしがよりにもよって『最愛の果てに』の悪役令嬢になっているのっ⁉）

まだ戻らぬ意識の中でわたしがこんなにも怯えているのは先程思い出したばかりの、前世の記憶のせいだ。

『最愛の果てに』は熱烈なファンに支えられていた乙女ゲームである。

その内容は乙女ゲームとしては王道中の王道で、美麗なキャラクターの甘い台詞に綺麗なスチル。

元は十八禁だったけれど、後に全年齢版も発売され、普段乙女ゲームをしないライト層にもヒットし、社会現象にもなった。

そしてかくいうわたしも、その全年齢版にどハマりした一人だ。

バイト代もキャラクター達のグッズにつぎ込んだし、ネットパトロールをして二次創作のイラストや小説を深夜まで読み漁るくらいにゲームに傾倒していた。


全年齢版『最愛の果てに』の大まかなストーリーの流れはこうだ。

ヒロインのアンジュは母と二人、貧しくとも慎ましくお互いを支え合いながらも生活していた。

しかし、アンジュが十四歳になった年に最愛の母が流行り病に倒れ、そのまま息を引き取ってしまう。

途方に暮れるアンジュの前に現れたのは身なりが整った貴族の男だった。

父親を名乗るその男により伯爵家に引き取られたアンジュだったが、屋敷でも通いはじめた貴族の名門校でも、出自のせいで遠巻きにされる。

そして、自分に向けられる悪意に耐えきれなくなったアンジュは、学園の角にある東屋で王子であるアルベルト・ウィンフリーと出会う。

自分のことを知らないアンジュに興味を抱いた王子は、身分を隠したまま彼女と親しくなっていくが、その状況を面白いと思わなかったのが幼い頃から王子の婚約者であったシルヴィアだった。

公爵家の令嬢であるシルヴィアは我儘《わがまま》で傲慢な性格をしており、気に入らない者は徹底的に叩き潰してきた。彼女の標的となったことでアンジュの学園生活は波乱に満ちていく――

というのが、大まかなストーリーだ。

有名な絵師さんが作画したキャラのスチルはとても綺麗だったし、卒業パーティーでのシルヴィアの断罪シーンは声優さんの演技も熱が入っていて迫力があった。

それになんといってもシナリオがとても秀逸で、王道なのに飽きがこないというか、王道だからこそ素晴らしいというか、わたしはすっかりこのゲームの全年齢版に嵌《は》まり込み、グッズ代で諭吉が何枚も飛んでいった。

だからこそ十八歳の誕生日を迎えた時に、十八禁版にも手を出してしまったのだ――それがライト層向けの全年齢版とは全くの別物であることは知らずに。

全年齢版『最愛の果てに』が胸キュン・ときめき・スクール甘ラブなら、十八禁版『最愛の果てに』は昼ドラもビックリのドロドロ・エロ・グロの愛憎モノである。

驚いたのは元々の十八禁版では登場人物のトラウマが全年齢版よりも強く描かれていた為に、彼らの性格まで歪であったことだ。

メインヒーローの心優しい王子は主人公が泣く姿に興奮する腹黒サディストだし、頼れる騎士団長は、外は危ないから仕舞っちゃおうねと軽率に監禁しようとしてくるし、ちょっと生意気な弟キャラだった公爵子息は依存度増し増しで僕が居ないと生きられないでしょと隙あらば洗脳してくる。宰相家の息子に至っては乙女ゲームの癖にバッドエンドしかない。

愛の重いキャラをそのまま受け入れることができれば、ハッピーエンドという名のメリバ。拒否すればヤンデレと化した攻略キャラ達の手で強制的にバッドエンドに叩き堕とされていく。

ちなみに悪役令嬢のシルヴィアは全年齢版であれば悪事が露呈した後に国外追放で済んでいたが、十八禁版では当然そんな甘っちょろいことにはなっていない。

悪役令嬢らしく高慢ちきで我儘《わがまま》で傍若無人なシルヴィアは誰にも好かれていない上に、十八禁版ではさらに過激な方法で主人公を虐め抜き、攻略キャラ達の地雷をぶち抜く。その結果、シルヴィアの悪事が露呈されてしまえば、これ幸いに攻略キャラ達の手によって地獄に叩き堕とされる。

王宮で密かに飼っている触手達に責められたり、変態貴族の愛玩奴隷にされたり、最底辺の娼婦に成り下がって輪姦プレイをされる日々を送ったりとシルヴィアの精神が壊れても尚、酷い制裁は終わることはない。しかもゲーム中ではその描写がばっちりとあるのだ。

(乙女ゲームで悪役令嬢の濡れ場……しかもモブ姦メインだなんて一体誰に需要があるのよ)

ざまぁ展開にしたって酷過ぎる。

何より、シルヴィアが幸せなルートは全年齢版でも十八禁版でも一つも存在しないのだから救いようがない。

あまりに碌でもない展開しかないことで、口コミサイトでは悪役令嬢シルヴィアに対しての同情の声が多数寄せられているほどだ。

『シルヴィアのエロは男性向けで不憫』
『胸糞過ぎてシルヴィアのざまぁシーンはスキップした』
『シナリオライターはシルヴィアになんか恨みでもあるの?』

『どのルートも地獄過ぎるんだが……』

『約束された地獄』

『……シルヴィア不憫過ぎてハッピーエンドの二次創作小説書いてみたんだけど、需要ある？』

『あなたが神か』


口コミがヒートアップしたせいかシルヴィアの二次創作物は多く、なんなら主人公アンジュよりも二次創作では人気を博していたが、そんなこと、わたし自身がシルヴィアになった今、なんの救いにもならない。嬉しくない。

ふつふつと胸に込み上げてくるのは不安と絶望。その二つだけだ。

（嫌だ、嫌だ。シルヴィアなんて絶対に嫌！　なんでわたしがシルヴィアになっているのよ）

たとえシルヴィアが二次創作でどれだけ幸せになっていたとしても、ゲームの世界には全く関係ない。

今のところ、全年齢版と十八禁版どちらの世界か分からないけれど、シルヴィアに待つ未来は程度の差はあれど、どちらも破滅だけだ。

（……こんなことならもう目覚めたくなんかない！）

心の底からそう願っていたのに、その願いは虚しく、ある人物の善意によって阻まれることになる。

◇　◆　◇

「っ……シルヴィア。シルヴィアっ！」

「……ん」

「起きた？」

まだ夢の世界に逃げ込んでいたかったのに肩を揺すられて、強引に現実へ呼び戻される。

（嗚呼、目を覚ましたくない。お願いだから今はそっとしておいて……）

嫌な夢を見ていた時のような脱力感で妙に身体がだるく重い。目蓋を開けることすら億劫だ。このまま現実を直視せずに、ただ眠っていられたらどんなに楽なことか。

けれど一度反応した手前、王子である彼の声を無視し続けることも難しい。渋々ながら目を開ければ視界いっぱいにアルベルトの顔が映り込む。

ベッドから上体を起こして部屋を見渡しても母達の姿はなく、王子と二人きりになっている。その理由を考える前に、アルベルトがわたしに話し掛けた。

「むりやり起こしちゃってごめんね。その、少し魘《うな》されていたから心配で……」

言葉通りに心配そうにこちらを見つめる王子の姿は、記憶さえ戻っていなければ純粋にときめくことができただろう。だが、今となっては彼の存在そのものが恐怖の対象でしかない。

（触手は嫌だ。触手は嫌だ。触手は絶対に、嫌だ！）

とはいえ王子がわたしを看ていてくれたのは善意からの行動だろうから、ひとまずお礼を言おうとした――が、その気持ちとは正反対にポロポロと勝手に涙が溢《こぼ》れ出た。

(あれ。なんで……?)

おかしい。笑みを浮かべることくらい空気を吸うようなものなのに。瞬きよりも簡単なことなのに、どうして涙が流れるのか。

目まぐるしい情報の多さに幼子の身体に耐えきれなかったのか、それとも王子に対する本能的な恐怖心からなのか、感情が制御できない。

「ごめっ、ごめんなさい」

「どうしたの? まだ身体が辛いの?」

幼い子供のようなひどい謝罪に自分でも慌ててしまう。けれどわたしよりも更に慌てたのは王子の方だった。

婚約の顔合わせでいきなり倒れられて、魘《うな》されているから起こしてやったというのに、急に泣かれても彼からしたら訳が分からないことだろう。

だというのに、彼はぎょっと目を丸くしながらも優しく背中をさすり、わたしを落ち着かせようしてくれている。

今のわたしと同じ、十歳の小さな掌は子供特有の温もりがある。誰かを慰めることに慣れていないのか、少しぎこちないその動きに何故だか少し安心する。

「殿下っ、申し訳ございません」

ひっくひっくとえずきながら、ぼやける視界の端で彼を見れば困ったように頬を掻いていた。

「ううん。僕は大丈夫だよ。ただ少し君は今日体調が悪かっただけでしょう？　だから気にしないで」

彼の言葉はわたしに言い訳の機会までも与えてくれた。それは遠回しな優しさだと思う。

その言葉通りに体調が悪かったことにすれば、せいぜい父に苦言を呈されるくらいで済むのだろう。だけどこれは婚約破棄をしてもらえる絶好のチャンスでもあった。

未来の王妃が軟弱であったり、プレッシャーに弱かったりすれば国の沽券に関わる。だからこそわたしが倒れたことでお母様はあんなにも慌てた声を出したのだ。

「……いいえ。未来の国母を務める者がこのように軟弱ではこの先体裁を保つことができませんわ。ですから殿下、この婚約は止めておきましょう？」

——涙を乱雑に拭って願望を口にすれば、何故か王子はストンと感情を削ぎ落とした顔でこちらを見ていた。

◇
◆
◇

（疲れた……）

自分の部屋に戻ってきた気安さからベッドにだらりと寝転がる。

今日はもう誰とも話したくない。

帰ってからすぐに人払いは済ませておいたので人目を気にする必要もない。今だけは、心置きなく休むことができる。

目を瞑《つむ》って、ふと脳裏に過《よぎ》るのは最後に見たアルベルトの顔。

感情を削ぎ落としたような顔を思い出すだけで本能的にぶるりと身体が震える。

彼が言葉を発する前にタイミング良くお母様達がやってきたから、あの場はお開きになったけれど、もしもお母様達が来ていなかったとしたらアルベルトは何を口にしたのだろう？

（……きっと知らない方が幸せよね）

穏やかな笑みを浮かべている人が真顔になるだけでどうしてあんなに恐ろしいのか。

ゲームでアルベルトが真顔になるのはヒロインに本性を曝《さら》け出す後半部分からだというのに、何故わたしは初対面からあの表情を引き出すことに成功してしまったのか……特大の地雷を踏んだ気分だ。

（わたしから婚約破棄の話をしたのが嫌だったのかな？）

アルベルトは王族だ。

人に傅かれるのは慣れているというよりも、それが彼にとっての『普通』なのだろう。

だからこそ公爵家の令嬢とはいえ、自分よりも身分の低い女がでしゃばった発言をしたことに苛立った、というのならば合点がいく。

（そうよ。考えてみれば王子だってまだ十歳の子供じゃない）

わたしが知っているのは所詮ゲームの情報だ。

現段階のアルベルトはまだ幼く、ゲームの彼と比べると当たり前だけど経験値が違ってくる。その分の余裕もないのは当然のことだ。

それにわたしだって、精神年齢では子供とはいえないくせに、記憶が戻ったからとはいえ、王族の前でありえない失態を犯してしまったばかりだ。苛立ちから本性を曝《さら》け出してしまったアルベルトのことは言えない。

(何が、『格式高い公爵家に生まれたからには、まだ子供だからということを理由に人前で粗相《そそう》をすることは許されない』よ。しっかりやらかしちゃったじゃない!)

澄ました顔で格好付けようとした分だけ羞恥が更に募り、顔が赤くなる。それを誤魔化すようにして枕を抱きしめると手に馴染む柔らかい感触に少しだけ安心する。

(……屋敷に帰る時の馬車の中、お母様と二人きりだからすごい気まずかったものね)

帰りの馬車ではお母様は難しい顔をして黙り込んでいたし、わたしも失態を自覚しているからこそ喋り掛ける勇気が持てずにいた。

そのせいか、屋敷に到着するまでの時間がとてつもなく長く感じたのだ。

母の口からことの顛末を父に報告されるのだろうと思うと憂鬱で仕方がない。父の冷ややかな眼差しを思い出すだけで、背筋がぶるりと震える。

(……だけど今は王子のこともそうだけど他の攻略キャラのことも考えなきゃいけないわね)

決して後回しにしていい問題ではないけれど、事態は急を要する。

だって恐ろしいことにこの屋敷には『最愛の果てに』の攻略対象者が二人も居るのだから。

一人はシルヴィアの『義兄』であるウィリアム・スカーレットだ。

年齢は十歳年上で、穏やかで礼儀正しい彼は現在、主に騎士団の宿舎で生活している。

将来は叔父のレオンと同じく騎士団の総帥に昇り詰めると言われる程、将来を有望視されている人物だ。

十八禁版のウィリアムの設定は大体こうだ。

ウィリアムは幼い頃、スカーレット公爵家に引き取られる。血縁関係の薄い彼がどうして公爵家に引き取られたのかというと、わたしが生まれるまで公爵家に中々子供ができなかったせいだ。

わたしの両親は貴族としては珍しく恋愛結婚であったのだが、跡取りが生まれず、親族は父に愛人を娶るように進言していた。

けれども父はそれを両断し、スカーレット家に連なる親族の子供を引き取って、その子を次期当主として育てると宣言した。

結果として公爵家に引き取られた子供――ウィリアムは養父であるわたしの父にひどく感謝していた。

ウィリアムの母親は元はただの使用人だった。しかし優れた容姿である彼女に目をつけたウィリアムの父が手を出し、愛人になったのだという。

その立場のせいでウィリアムは正妻やその子供たちから躾《しつけ》という名目で虐待されていた。

更にはウィリアムの母は正妻からの虐めに耐えきれず、彼を置いて屋敷を去ってしまった。

残ったのは自分に興味のない父と憎悪をたぎらせた正妻とその子供。

貴族の子息として適切な教育を受けるどころか食べ物すら殆《ほとん》ど与えられていない。

更に恐ろしいのは、ウィリアムが少し粗相《そそう》をする度に躾《しつけ》と称した折檻が待っていた。

嬉々として与えられる暴力に侮蔑の言葉。

幼いウィリアムに抵抗する術なんかあるはずもない。

だからこそ彼はせめて被害を最小限に抑えようと自分に与えられた屋根裏部屋で息を潜めて過ごしていたのだという。

寒さに震えながら身を縮め込ませて、ただ暴力に耐え続ける惨めな生活——そんな生活から抜け出せたのは本当に運が良かったからだ。

たまたま公爵家夫婦に子供ができなかったゆえの代打。

別に自分じゃなくても構わない。

むしろ碌《ろく》な教育を受けていない自分なんかよりも、公爵家の跡取りを目指すに相応しい人物がいくらでも居ることは、ウィリアムだって分かっている。


けれどウィリアムは知ってしまった。

温かいスープの味を。

頭を撫でられる柔らかな感触を。

頑張った分だけ認められる嬉しさを。

知ってしまったからこそ手放したくなかった。

たとえ、うるさい親族を黙らせる為の道具として引き取られたにしても、結果としてウィリアムは救われた。

だからこそ自分を救ってくれた養父と養母の役に立ちたいと願うようになる。

ウィリアムは元来賢く、学んだことはすぐに覚えたし、屋敷に来たことで食生活は大幅に改善され、健康状態だって良くなった。

正妻と子供達の顔色を窺《うかが》って生活していたことで、社交術も本人の知らぬ内に磨かれていた。

周囲からの評判は上々であったけれど、彼の心中では常に不安が付き纏《まと》っていた。

どれだけ勉強しても、剣術で褒められても、優秀だと言われても、決して晴れることのない気持ち。

だって自分は所詮、公爵家に子供ができなかったから引き取られただけの替えのきく存在。

ただ運が良かっただけの紛《まが》い物。

偽物に過ぎない自分の居場所は、本当にこの屋敷にあるのだろうか。そんな疑念がいつまでもウィリアムを苦しめる。

不安を少しでも払拭《ふっしょく》しようと彼は懸命に足掻こうとした。

だというのに公爵家に子供が、シルヴィアが生まれてしまったのだ。

その翌年には、弟のミハエルまで……

公爵夫妻の『本当の』子供が生まれたことにより、ウィリアムは余計な跡目争いを起こさないように騎士学校に入り、騎士の道を目指すことを余儀なくされる。

『最愛の果てに』のゲームではウィリアムが騎士団長に就任し、貴族のパーティーで警護の指揮をしていたところ、ヒロインであるアンジュ・ヴィリエと出会うことになる。

伯爵家に引き取られたアンジュにとって初めてのパーティーだったが、上手くできるだろうかという不安から気分が悪くなり、外で体を休めようとしたところに酔っ払った貴族の男に絡まれ、そこに偶然現れたウィリアムが颯爽と助けたことがきっかけで二人は仲を深めていく。

だが、このルートでもヒロインの邪魔をするのが、わたしが転生したシルヴィア・スカーレットだ。

シルヴィアは幼い頃、ウィリアムを純粋に兄として慕っていたし、尊敬していた。

転機となったのはシルヴィアが十一歳の時。

悪意ある親戚によってウィリアムが本当の兄ではないと教えられ、幼いシルヴィアは動揺のあまり、ウィリアム本人に悪態を吐いてしまう。

そんなシルヴィアを見て義兄は『困ったフリ』をして曖昧《あいまい》に笑った。

もしも対峙する相手が観察力に優れたシルヴィアじゃなかったら、ウィリアムの笑みが張りぼてだと気付くことはなかっただろう。

呆然としたシルヴィアのその視線の意味を、ウィリアムだって分かっているだろうに、彼は決して表情を崩さなかった。

困ったフリ、気付かないフリ、それは言外にウィリアムにとってはシルヴィアのことなんかどうでもいいという宣言に他ならない。

ウィリアムにとって、シルヴィアはその他大勢の有象無象《うぞうむぞう》と同じ存在であったのだ。

大好きだったからこそ、シルヴィアはウィリアムを憎んだ。

そのくせ、結局構ってほしくて会う度に罵倒するようになる。

けれどウィリアムはやはりシルヴィアのことなんか気にする様子はない。

虚しさと悲しみでごちゃまぜになった歪な感情が年々シルヴィアの心を蝕んでいく。

そんな時だった。ウィリアムとアンジュが逢瀬《おうせ》を重ねている場面を見てしまったのは。

義兄がその女を見つめる瞳には確かに熱が籠《こも》っており、自分に向けるモノとはまるで違う。ひどく優しいものであった。

ウィリアムのそんな表情を初めて見たことに動揺し、シルヴィアはすぐに相手のことを調べた。

もしも相手がウィリアムと年の近い大人の女性であれば、あるいは公爵家に匹敵する程の爵位が高い貴族の女性であれば、まだ納得できた。

だけど、相手は自分と同じ年の、それも平民上がりの凡庸《ぼんよう》な女だった。

そんな女が何故義兄を誑《たぶら》かすことに成功したのか。

シルヴィアが手にすることができなかった義兄の『特別』。

それをなんなく手にしたアンジュが尚更憎たらしくて堪《たま》らなかった。

しかし皮肉なことに、取り巻きを使って虐めても、社交界や学園で除《の》け者にしても、暴漢に襲わせても、失敗に終わった。

それどころかその度にウィリアムのアンジュに対する庇護欲が高まり、より二人の仲が強固なモノへと変わっていくだけだった。

どれだけ彼らの仲を引き裂こうとしても上手くいかないことに痺れを切らしたシルヴィアは、最後には自らナイフを手にし、アンジュの顔を切り刻もうと襲い掛かる。

それを制したのもまた、ウィリアムだった。

二人の間に割り込んだウィリアムは、アンジュの顔すれすれに振りかざしたナイフをその手で受け止めた。

抜き身のナイフは彼の硬い掌を切り裂き、ダラダラと血が流れ出る。だというのにウィリアムはこれでやっとシルヴィアを粛清する証拠ができた、と嬉しそうに笑ったのだ。

ウィリアムの宣言通り、シルヴィアはその後。庶民の子供のお小遣いでも買える程の最底辺の娼婦に成り下がって、何人もの客を休む間もなく相手にしなければならなくなった。

そんな日々を送るシルヴィアの元に一度だけウィリアムがやってくる。

公爵家令嬢だったシルヴィアが平民どころか貧困民の住人に犯される姿を見たウィリアムは、それはそれは愉快そうに高笑いする。

そこには義妹への情なんて欠片もない。むしろようやく邪魔な荷物を片付けることに成功したという達成感の悦《よろこ》びに満ち溢《あふ》れていた。

——だって、シルヴィアがアンジュを追い詰める度に、ウィリアムの神経が密かにすり減っていったから。

本当はアンジュを危険な目に遭わせないように自分の手元に閉じ込めたかった。

シルヴィアがアンジュに危害を加えないか心配する気持ちが日に日に強まり、焦燥から眠れなくなっていく。

せめて自分の部下をアンジュの護衛として側に置いてくれないかと提言したというのに、彼女は困ったように笑うだけで決して頷いてはくれない。


何度も何度も危ない目に遭ったというのに、どうして自分の提案を拒絶するのだろう。

外は危ないのに。

私の目の届く所にさえ居たら守ってあげられるのに。

私だけが君を守ってあげられるのに。

どうして私の手を取ってくれない？


最初は純粋な心配だった気持ちがだんだんと焦燥となり、やがて心が闇に沈んでいく。

そうして結局彼はシルヴィアの末路を見届けた後、その心の求める衝動のまま、アンジュを永遠に自分の部屋に閉じ込めたのだった。

◇
◆
◇

——ウィリアムのルートを思い出したわたしはベッドに寝転んだまま頭を押さえていた。

（……え。もう地獄じゃん）

十八禁版のウィリアムルートではグッドエンドだろうとバッドエンドだろうとアンジュはウィリアムに監禁されることになる。

違いとしてはアンジュが同意しているかどうか。ただそれだけのことで救いも慈悲もない。

そんな男が自分の義兄なのだ。あまりの恐ろしさから全身に鳥肌が立つ。

というかそもそも義妹を娼婦に堕として高笑いする男ってやばくないか？

人の心はどこにいった？

シルヴィアはブラコンを拗《こじ》らせて自爆したことにより生き地獄に堕とされたわけだけれど、アンジュはもらい事故もいいところである。

ウィリアムルートを思い出したこともあり、心情としてはできればなるべくウィリアムに近付きたくない。

けれどウィリアムから距離を取ることを選んだ場合、屋敷に居るもう一人の攻略キャラの、ウィリアムに対するブラコンという名の狂気が炸裂する恐れがあった。

（せめてこの世界が全年齢版であれば……）

全年齢版の場合、シルヴィアとウィリアムは少し仲の悪い程度の兄妹で、そこまでの確執はない。アンジュに対しては平民の成り上がり女が義姉になるなんて嫌だ、というだけの理由だからイジメに関してもそこまでひどいものではない。

ゆえに断罪後は公爵家を追い出されて規律の厳しい修道院で監視されながら一生過ごす程度で済むのだ。

まだ十八禁版か全年齢版か分からないのならば、今のところは最悪の場合を想定して動くべきだろう――となると、わたしがこれから起こす行動は決まっている。

「ウィリアムお兄様いらっしゃいませんか？」

彼の部屋まで訪ねて規則正しくノックすれば、すぐに目的の人物は微笑んで出迎えてくれた。

その笑みは見惚れるほど、美しい。

燃えるような赤髪が多いスカーレット家にしては珍しい、絹のような艶《つや》やかな黒髪に、日に焼けない白く透き通った肌。

エメラルドの瞳にはどこかアンニュイな色気を感じる。これでまだ二十歳になったばかりなのだというのだから末恐ろしいものだ。

メイドを呼び出してお茶を用意させるウィリアムと、向かい合うようにソファーに座る。

「シルヴィアが私の部屋までやってくるなんて珍しいね。何か用があったのかな？」

そう。恐らく二人の関係は現時点ではまだ、仲の良い兄妹であるはずだ。

確かにいつものシルヴィアであれば忙しい兄に遠慮して、彼の部屋まで訪ねることはしない。

けれど記憶を取り戻した今のわたしは別だ。

ウィリアムが現段階で『シルヴィア』をどう思っているのか、この目で冷静に確かめる必要があった。

『義兄』であることを悪意の塊みたいな親戚達に教えられたことが原因で、シルヴィアとウィリアムの仲は拗《こじ》れるようになる。

ウィリアムだって、自分に懐いてくれる年の離れた義妹へ、家族としての情くらいは抱いていたはずだ。たとえそれが複雑なものであったとしても。

その関係を崩したのはシルヴィア自身。

『義兄』と分かった途端、長年にわたってウィリアムに粘着質に絡んだ挙句、彼の一等大事な『特別』に手を掛けようとしたことで憎まれてしまった。

だったら同じ轍《てつ》を踏まなければいい。

純粋に『妹』として彼を慕い、頼って、素直に彼を肯定すれば、関係性が変に歪むこともないはずだ。

それにウィリアムはどこか自己肯定感が低いところがあって、人から頼られるのが嬉しいのだと、ゲームのシナリオで知っている。

——であれば、おあつらえ向きにわたしは今日王子の前で失態を犯したばかりだ。

消沈している姿を見せて、ウィリアムの庇護欲を少しでも掻き立てられたらいい。

そんな目論見を抱いたからこそ、重たい体を引きずってやってきたのだ。

(我ながら小狡い真似をしているわよね)

だけど、ウィリアムが絆されるか否かにわたしの今後の人生が掛かっているのだから、なりふりは構ってられない。

「何も……ただウィリアムお兄様とお話ししたかったから、と言えば怒りますか？」

「いいや。可愛い妹がそんなこと言ってくれるなんて、むしろ嬉しい限りだよ」

模範的な彼の返事に曖昧《あいまい》に微笑んで、場を保たせる。

紅茶を飲むウィリアムの姿は優雅で、思わず見惚れそうになった。

(ウィリアムが一番の推しだったからなぁ)

けれど今心臓がドギマギしているのは、推しを見て興奮しているというよりは、ウィリアムの手に掛けられたシルヴィアの末路が恐ろしいからかもしれない。

なんて嬉しくない吊橋効果なのだろう。

「ウィリアムお兄様はいつもお忙しいようですから。これでもわたくし、我慢するようにしているのですよ」

「シルヴィアならいつでも歓迎するよ。久しぶりに私の膝の上で本でも読んであげようか？」

「まぁ。わたくしはもう十歳なんですから、そんなことで喜ぶ子供じゃありません。ですが、ウィリアムお兄様さえよろしければ、少し甘えさせて下さい」

「……シルヴィア？」

唐突に立ち上がったわたしに驚いたように、ピクリとウィリアムの片眉が上がる。

そのまま彼の膝の上に座り、向かい合う形でぎゅっと背中を抱きしめれば、ウィリアムの心臓の音が聞こえた。

突然の行動に多少は驚いたであろうに、彼の鼓動は規則正しい。

それはウィリアムにとってシルヴィアがまだ『特別』な存在になれていないことを意味する。

だからこそ、ぎゅっと力を込めて抱きついて縋《すが》った。そんなわたしに彼は背中に手を回し、ゆっくりと子供をあやすように優しく背中を叩く。

ウィリアムの手は幼い頃から剣を握っていたからか掌が硬く大きい。いくつもある剣ダコは彼が努力してきた証でもある。

「どうしたの？」

「……今日のお茶会で失敗してしまったの」

せっかく王子との顔合わせの為に整えられた舞台。実際のところ、それが自分の失態で芳《かんば》しくない結果となったことは嘘偽りなく心苦しい。

彼は励ますように、わたしの頭を撫でる。

「シルヴィアが社交で失敗するなんて珍しいね」

「せっかくのアルベルト殿下との顔合わせだというのに、ご挨拶もできないまま緊張から倒れてしまって……帰りの馬車の中、お母様が無言だったから、すごく気まずい思いでしたわ」

ぼそぼそとした声で、ことのあらましを大体の真実と少しの嘘を混ぜて喋れば、彼は大丈夫だと口にする。

「安心しなさい。そんなことくらいで婚約は破棄にはならない」

できれば、婚約破棄になってくれた方が有り難い。

だけど本音を言う訳にはいかないので、こてりと首を傾げておいた。

「本当？」

「ああ、もちろんさ。私がシルヴィアに嘘を言ったことはあるかい？」

確かに彼は嘘を言ったりはしない。

ただ真実を黙っているだけだ。

例えば、アルベルト殿下とわたしが婚約した理由とか。

「……ないわ」

「だろう？　私は可愛いシルヴィアに嘘なんかつかないさ。だから安心するといい」

慰めるようにおでこにキスを落とされて、思わず顔が赤くなる。

彼はそんなわたしの態度におやと面白そうに口端を上げた。

「ウィリアムお兄様。わたくしは立派なレディになったのですから、過度な接触は困りますわ」

「今まで散々してきたのに？」

そこまで頻繁に『兄妹』としての交流があったわけではない。

珍しく意地悪気に笑うウィリアムの、その瞳の奥には確かな愉悦が混ざっていて、揶揄われたのだろうと分かっていても、羞恥で顔が赤くなる。

記憶を取り戻してから何故か感情の制御が利きにくいのは、未だにシルヴィアであった自分と、前世のわたしの人格に混乱があって、それが長引いているからかもしれない。

「ウィリアムの馬鹿。意地悪っ！」

悔し紛《まぎ》れに罵倒をすれば、彼の心臓がドクリと大きく音を立てた。

(えっ、なんでここで動揺しているの？　ウィリアムはアルベルトと違って相手を泣かす趣味はないはずでしょう？)

そう思ってからすぐに思い至った。

(はっ！　分かった。わたしが悪口を言ったからムカついたのね)

ゲームではシルヴィアに罵倒されていても涼しい顔をしていたけれど、書かれていなかっただけで内心は怒り心頭だったのかもしれない。

だとしたらまずい。

慌ててフォローするように口を挟む。

「嘘っ！　本当は大好きよ。悪口を言ってごめんなさい」

素早く謝罪して、おどおどと彼の顔を見れば、一体どうしたのか口元を押さえていて、耳が赤くなっていた。

それに驚いて瞬きしたところで、部屋にノックの音が響き渡る。

ウィリアムはわたしと顔を見合わせた後に、部屋の扉を開けることは許可せず、わたしを抱きしめた状態で応対することを選んだ。

「……夜分に申し訳ありません」

「いや、いいさ。それより用件はなんだ」

「そちらにシルヴィア様はいらっしゃいますでしょうか？」

「ええ。居るわ。どうかして？」

「実は……先ほど王城から使いがありまして、明日、アルベルト殿下がシルヴィア様のお見舞いにスカーレット公爵家にやってくるとのことです」

年若いメイドの声は興奮ゆえに早口であった。きっと王族が自分の働く屋敷に来訪することが誇らしいのだろう。

反面、わたしは今日の失敗もあって、次にまた失敗したらどうしようと考えてしまう。プレッシャーが心に重くのし掛かり、背中に冷や汗が流れる。

「――そう。分かったわ」

動揺を悟られないように短く返事をすると、メイドはそのまま足早に去っていった様子だった。

握って白くなった拳をやわやわと解くと、暖めるようにしてウィリアムの手が重ねられた。

「随分と手が冷たくなっているよ」

「……まだ、身体の調子が戻っていないようで」

「ああ。そのようだ。だから少しは私に甘えても良いんだよ」

「ウィリアムお兄様？」

「シルヴィアが明日のアルベルト殿下の訪問を不安に思っているようであれば、私も同席しようか？」

思いもしない提案にわたしは目を丸くする。

いつものウィリアムであればさらりと流すというのに、今日の彼は何故だか乗り気である。

だけど残念ながら、わたしにはいきなり攻略キャラ二人を相手にできる自信はない。

「ウィリアムお兄様のそのお気持ちだけで充分です。けれど、もしもわたくしに対応できないことがありましたら、お呼びしてもよろしいでしょうか？」

「ああ、もちろん。いつでも呼びなさい。可愛いお前の頼みならいつでも駆けつけるさ」

殊勝に尋ねれば彼はあっさり引いたが、ほんの一瞬だけ眉根を寄せたのをわたしは見逃さなかった。

しかし彼はすぐさま微笑を浮かべ、わたしの部屋まで送ってくれた。

部屋までエスコートする彼の様子もいつもと変わらないものに見える。

完璧なエスコートに完璧な微笑み。

あまりにもでき過ぎていて逆に不自然に思えたのは、記憶を取り戻して疑心暗鬼になっているからなのだろうか。

払拭《ふっしょく》できない不安を抱きながら、わたしはなんとか眠りついたのだった。

◇
◆
◇

翌日、アルベルトは約束通りにやってきた。

見舞いという名目だったので、両親と共にわたしが玄関先に出ていくことはなく、自分の部屋のベッドの上で出迎えることとなった。

その上、倒れたばかりなのだから騒がしいのは好まないだろうという配慮から部屋に二人きりにされて、なんだか心細い。

アルベルトを前にして思い出すのは最後に見た彼の、ストンと感情を削ぎ落とした顔。

世間話中にもそれを思い出してしまい、どうにも息苦しい。

(こんなことならウィリアムお兄様にも同席してもらえば良かったかしら)

何かあればすぐに呼んでいいと言っていたけれど、さすがに気まずいからというだけで呼ぶのは忍びない。

「……シルヴィア。何を考えている?」

「何も。ただ殿下のことを考えております」

勘の鋭い彼はすぐにわたしが心ここにあらずになっていたことを悟ったらしい。

婚約者として模範的な返答をしても、その瞳はどこか剣呑で、じっとこちらを見ているものだから身じろぎすら躊躇《ためら》われる。

見つめ合った末、唐突に口火を切ったのはアルベルトだった。

「…………どうやらきみは僕との婚姻に乗り気ではないようだね」

「いいえっ！　そのようなことは決して……」

真実を言い当てられて狼狽《うろた》える。

現にアルベルトに婚約破棄を申し出たのはわたし自身だ。だからこそ最後の声は萎む程に小さくなってしまう。

彼はふぅっと溜息を吐き出して、眉間の皺を揉んだ。

子供らしくない動作だというのに、それが妙に慣れてみえるのは『王子』という重責を背負っているからなのかもしれない。

「ここには僕とシルヴィアしかいない。だから何を話しても構わない。この部屋で話すことは不問にするとアルベルト・ウィンフリーの名において約束しよう。だから、シルヴィア。きみの本音を聞かせてくれないか？」

懇願の形をとっているが、それはハッキリとした命令であった。

じっとりと掌に嫌な汗が溜まる。

こんなことならウィリアムに同席してもらえば良かったと心の底から後悔して、弱気になった自分を奮い立たせるように唇を噛んでから、彼にもう一度向き合う。

改めて姿勢を正し、彼を見つめる。アルベルトはベッド近くにある椅子に座ったまま動く様子はなく、わたしの返答を静かに待っていた。

「アルベルト殿下ご自身としてはこの婚約をどのようにお考えですか？」

「……今回は婚約を止めておこうとは言わないんだね」

「………………殿下」

「今の発言は撤回する。どうやらあの時、シルヴィアの言ったことを未だに引きずっていたみたいで、つい意地悪を言ってしまった。本当に、余裕がなくて格好悪いから、忘れてくれると嬉しい」

わたしから婚約破棄を宣言したことは余程彼のプライドを傷つけてしまったらしい。

気まずそうに頬を掻くアルベルトに頷けば、彼の顔は少しだけ緩んだ。

「わたくしもアルベルト殿下に失礼なことを言ってしまいましたから、殿下も忘れてくださるのなら助かります」

「ありがとう。……それで婚約についての話だったね。『僕自身』の意思を聞いているということでいいかな？」

「ええ。アルベルト殿下のご両親もスカーレット公爵家と同じく恋愛結婚だと聞いております。であれば、憧れがあってもおかしくはないかと。この婚約はわたくし達だけでやすやすと破棄できるものではありませんが」

そう。これはただの縁談じゃない。王家と公爵家の関係を強くするいわば同盟的な役割が強い。

貴族同士の婚姻は殆《ほとん》どが政略的なモノであり、あまり本人達の意思は重要ではない。

ただ、アルベルトの両親である国王夫妻も恋愛結婚で、実はそのことが私たちの婚約に大きく関係しているのだ。

スカーレット公爵家と対をなすヴァイオレット公爵家。両公爵家はどちらも国で一、二を争う名家だ。

けれどヴァイオレット家は先先代、先代と続けて子女を王家に嫁がせることに成功していた。

結果、ヴァイオレット公爵家の力が増し、拮抗していたスカーレット公爵家は立場を弱くした。

均等を保っていた勢力が崩れれば、悪い意味で国内の情勢だって変わる。

宰相位の実権がヴァイオレット公爵家に二代にわたって握られたことにより、ヴァイオレット家にとって都合が良いように人事が采配されるようになった。

政治的腐敗が進み、文官達はヴァイオレット公爵家の顔色を見て閣議を決定していく。

そうなるとスカーレット公爵家だって黙ってはいない。権力が多少弱まったとはいえ、もとはヴァイオレット公爵家と対をなす程の大貴族だ。

剣術に秀でている者が多いスカーレット公爵家には、分家も含めて騎士の重役の立場として国を守る者も多く、歴史を紐解けば国を救った英雄だっている。その為、国民からの信頼は未だ厚い。

だからこそスカーレット家は王家にとって脅威のままだった。

金も爵位も軍事権もあるスカーレット公爵家が本気を出せばあっという間に国は傾く。

その不満を抑え込む為にもアルベルトの父……現王の代でスカーレット家から一人、国母となる女性を娶り、国内のパワーバランスを調整する必要があった。

だというのに、陛下はよりにもよってヴァイオレット公爵家の女性に恋をしてしまったのだ。

事実を知ったスカーレット公爵家は激怒した。

当たり前だ。暗黙の了解とはいえ、時流を無視し、よりにもよって対立しているヴァイオレット公爵家の令嬢と『また』婚姻を結んだのだから。

これでは家名に唾を吐き捨てられたようなものだ。馬鹿にしているにも程がある。

その怒りは凄まじく、シルヴィアの祖父である当主自らが王城に乗り込んで、直接苦情を申し出た程だという。

下手をすれば反逆罪にもなりかねない行為であったが、元を辿《たど》れば約束を違えたのは王家の方だ。

スカーレット公爵家の怒りを抑える為に、国王は一つ、念書を残すことにした。

『自らの第一王子をスカーレット公爵家の子女と必ず婚姻させる』という念書を。


つまり、シルヴィアとアルベルトは生まれる前から結婚することを決定付けられていたのだ。

ところで現王がヴァイオレット公爵家の令嬢と婚姻を結んだことで、ますます両家が蜜月的な関係になったかといえばそうではない。

陛下は即位すると同時に、汚職に手を染めていたヴァイオレット公爵家の者を容赦なく更迭していった。

権力と富に肥え太り、三代続いて自分の家から王家に嫁を出したことでヴァイオレット家はすっかり油断していた結果。汚職の証拠は苦労することもなくすぐに集まった。

そしてそれに協力したのがヴァイオレット家の令嬢である王妃と、スカーレット家だった。

(簡単に婚約破棄できるモノであれば良かったのに……)

国も関わる大人の事情がある以上、わたしの口から婚約をしたくないなんて両親に訴えることはできない。

まして今の歳で口にしたところで、どうせ十歳児の我儘《わがまま》で済まされてしまう。そうなればただ自分の立場を悪くするだけで、なんの意味もない。

ゲームでアルベルトがシルヴィアに対し婚約破棄ができたのは、シルヴィアに落ち度があったからだ。

いくらなんでも未来の王妃になる存在に悪評が付けば嫌厭されるし、婚姻自体はスカーレット家が推し進めたものだから、自分の娘が原因であれば破棄することを受け入れざるを得ない。

要はゲームの中でシルヴィアが本当に王子と結婚したかったのならば、ただ黙って静観していればそれで済んだのである。

(まぁ、そうなったらメインヒーローのアルベルトと結婚できなくなるんだから、乙女ゲームとして成り立たないのよね)

だからシナリオでは、シルヴィアを恋に狂った馬鹿な女に仕立て上げる必要があったのだろう。

ふと王子を見ると、彼は真剣な眼差しで黙り込んでいる。

どうやら先程わたしが尋ねた『アルベルト自身、この婚約をどう思っているのか』という問いについて考えてくれているようだ。

まだ会ったばかりのわたしからの問いなんて、てっきり適当に歯切れの良い言葉を並べられて機嫌を取られると思っていたから、ここまで考え込んでくれるなんて意外だと思った。

顎に手を当てていた彼は、ややあって深く息を吸い込んだ後、緊張した面持ちでわたしに向き直る。

「……シルヴィア。僕はきみと政略結婚をするつもりはないんだ」

「は？」

しまった。予想外のことで思わず素で聞き返すことになるとは。

けれど、アルベルトに気にした様子はない。顔を赤らめて次に続く言葉を吐こうとしている。

その表情になんだか嫌な予感がした。

こういう時のわたしの勘は何故だかよく当たる。

心臓がバクリバクリと音を立てる。

続くアルベルトの言葉を阻止しようとしても、動揺のあまり瞬きすらできない。

「昨日からシルヴィアの泣き顔が頭から離れない。その、どうやら……僕は、きみに一目惚れをしたらしい。だから叶うならば、シルヴィア、僕と恋愛結婚をしてくれないか？」

――彼の言葉にわたしはクラリと目眩《めまい》がした。

だって、泣き顔が頭から離れないという台詞は、十八禁版でアルベルトのヒロインへの告白と全く同じ台詞であるのだ。

顔を真っ青にして震え出したわたしに、アルベルトはすぐに屋敷に居る医者を呼んだ。

そして医者の措置が完了するのを見届けると「自分がこのまま部屋に残っていてはシルヴィアが休まらないだろう」と王城に戻っていった。

その気遣いに感謝しながら、わたしは長い間、布団の中で縮こまっていた。

(……アルベルトが帰ってくれて良かった)

いくら既に彼の前で倒れたことがあるとはいえ、さすがにこんな情けない姿は見せたくない。

わたしが布団の中で小さく丸まって、これ程までに怯えている理由は、アルベルトの性癖を知っているからだ。

十八禁版での彼は支配欲が強く、虐められて涙を流すヒロインを自分がもっと泣かせてやりたい、その涙すら自分が支配してやりたいという願望を抱いていた。

だからヒロインと両思いになった途端、アルベルトは本性をあらわにして文字通り彼女を調教していく。

男性器を模した張り型を挿入して視察に連れ回したり、王城の地下牢に拘束したまま鞭で打ったり、くすぐり責めによって失神させたり、ベッドの中で首輪を付けて雌犬として扱ったりと、両思いになっても碌《ろく》な性生活を送れないのだ。

アルベルトがシルヴィアの泣き顔に惚れたということは、このままでは自分もゲーム内のヒロインと同じような目に遭う可能性が高い。

(嫌だ。嫌だ。触手プレイも絶対に嫌だけどSMプレイなんか絶対無理！　わたしはお尻を叩かれても興奮なんかしない。羞恥プレイを強いられて悦《よろこ》んだりしない！）

悪役令嬢を全うしてゲーム通りにアルベルトルートに登場する触手に襲われるか、このままアルベルトと結婚してＳＭプレイを強いられるか。

どうして人生でこんなにも最悪な二択を迫られるのか。

というか触手かＳＭプレイの二択ってなんなんだ。

どっちにしろ地獄じゃないか。こんなもの罰ゲームにも程がある。

前世で何をやらかしたらこんなことになるのか。神様がいるのならば是非とも教えてほしい。

ぐすぐすと泣きながらアルベルトの行っていたＳＭプレイを反芻して、さらに恐怖で涙がボタボタと流れ落ちシーツを汚していく。

こんな情け無い姿はアルベルトだけではなく、他の誰にも見せたくない。

もういい。体調が悪いと医者にも判断されたのだから今日は誰にも会わない。このまま寝てやろう。俗に言うふて寝をしてやる。

泣いたせいで腫れぼったくなった瞼《まぶた》を擦りながら、目を閉じるが――その時、部屋の前でドタバタと大きな足音が聞こえた。

（……今日は誰にも会いたくないのに）

一体誰だと八つ当たり気味に部屋の扉を睨めば、ノックと共に自分を呼ぶ声が聞こえる。

「……シルヴィア。休んでいるところすまない。少しでいいからお前の可愛い顔を見せてくれないか？」

焦っているような痛切な声だった。

その声の持ち主を思い出して、ただでさえ真っ青だった顔色がそれを通り越して白くなる。

(なんでよりにもよって『あの人』がやって来るのよ!)

『シルヴィア』にとって一番恐ろしい人物の来訪に身体が震え出す。わたしは自分を守るようにして、布団の中で自身の身体を強く抱きしめた。

部屋の扉に鍵を掛けていないことが心細くて仕方ないが、このまま返事をせずに布団の中にくるまっていても事態が好転する訳がないことくらい分かっている。

それどころかもし相手がこのまま入室した場合、目敏い『彼』がわたしの挙動に不信感を抱く恐れがある――であれば、自分から招き入れる方が得策だろう。

「……どうぞ。お入りになって」

諦めた気持ちで応えると緊張から声が掠れた。

けどそれくらいならば、体調が悪いのだと言い訳が立つはずだ。

内心覚悟を決めきれていない自分に歯噛みしながら、ゆっくりと開く扉を注視する。

来訪したのはやはりわたしが予想していた人物であり、『シルヴィア』となったわたしが最も警戒しなければいけない人物。

――レオン・スカーレット。

ゲームでは殆《ほとん》ど登場することのないサブキャラだが、彼はシルヴィアだけに猛烈な執着心を抱く『異常者』だった。

◇
◆
◇

レオン・スカーレットは父の弟であり、若くして騎士団を纏《まと》める総帥である。

顔立ちは彫像のように整っているが、他者に向ける双眼は冷たく、完璧過ぎる容姿ゆえに冷酷さを際立たせている。

けれど、ことシルヴィアには違う顔を見せていた。

「シルヴィア、シルヴィア！　倒れたと聞いたが大丈夫なのか!?」

眉根をきゅうっと寄せて、幼児に縋《すが》る総帥様の姿なんて騎士団の者は見たことがないだろう。

いやそういえば、過去に一人だけ目撃した者がいた。

仕事を放り出してやってきたレオンを追いかけてきた彼の生真面目な部下は、今と同じような光景を目にした。だが、その部下は『あの冷酷な総帥様がそんな人間のようなことをするはずがない』と思い込んだのか、正気に戻ろうと壁に頭を思い切り打ち付け、気絶したのだ。

昔からレオンはシルヴィアだけに『とんでもなく』甘い。前世を思い出した今でも、過去の記憶を辿《たど》れば大層溺愛されてきた自覚はある。

一歳の誕生日にはシルヴィアの名前を付けた船をプレゼントしようとしたらしいが、子供にそんなものあげても喜ばないだろうという父の一言で彼の計画は頓挫した。

しかしここで引き下がらないのがレオン・スカーレットだ。船で喜ばないようならばと、シルヴィア専属の使用人を自費で雇おうとしたり、いっそのこと無人島を買い上げようと画策したこともあったらしい。

権力と金があるからこそできる所業だが、巻き込まれる身内の身にもなってほしいと父がぼやいていたと、母に聞いたことがある。

とにかく姪馬鹿なこの人に余計なことは言わないでおこうとわたしは密かに気を引き締めた。

「叔父様、わたくしはこの通り大丈夫ですわ。それよりお仕事は……？」

「お前よりも大事な仕事があるものか」

強く抱きしめられながらサボったんだなと確信する。

叔父はシルヴィアが生まれた時も喜びの余り、仕事を抜け出してはこの屋敷に通い詰め、シルヴィアの乳母から無理矢理仕事を奪い、彼自らがシルヴィアの世話をしてきたと聞く。

更には、彼が居ない間は、レオンが決めた育児計画書に沿って綿密に行動するように決められ、その細かい指示とモンペと化した叔父の口出しによって精神的に疲弊した乳母が一人また一人と辞めていった。

その結果、父と母によってしばらくの間屋敷の立ち入り禁止を命じられた叔父は、死刑宣告を受けた罪人よりも悲壮な顔をしたのだという。

「叔父様……」

咎めるように呼べば、彼はしょんぼりと肩を落とす。幼児に叱られる青年とはどうなんだろうと思うが、彼はゲームの中でもシルヴィアが可愛い余りに、彼女の我儘《わがまま》を『全て』聞き届けていた。

小さい頃からそうやって甘やかす存在が身近に居たことでゲームのシルヴィアは傍若無人になってしまったのだ。

けれどレオンはそんなシルヴィアを咎めることなく、更に甘やかす。

身内に際限なくドロドロに甘やかされたことにより、すっかり我儘《わがまま》になってしまったシルヴィアはどんどん孤立していったが――彼の真の目的はそこにあった。

叔父と姪では結婚できない。

しかし誰からも疎まれている状態に整えれば、シルヴィアは自分の手を取ることしかできなくなる、と。

我儘《わがまま》を聞けるのも甘やかしてあげられるのも自分だけなんだから、一生私の元に居ればいい。

初めからそう計算されていたがゆえの行動。

つまり、いつからか分からないがレオン・スカーレットは実の姪を愛していたのだ。

シルヴィアがレオンの手に落ちるルートは一つだけ。それはヒロインがシルヴィアの弟、ミハエルルートのハッピーエンドに進んだ場合である。

シルヴィアがヒロインとミハエルの邪魔をした理由は、レオンによって形成されたシルヴィアの山のように高いプライドのせいだ。

庶民の成り上がり女がスカーレット家の者と交際するなんて認めない、という選民思考により二人の仲を引き裂こうとした。

けれどまぁ、シルヴィアは幼い頃から弟と折り合いが悪かった。

アルベルトであれば恋情を、ウィリアムであれば愛憎を抱いていたが、ミハエル自身には正直何の興味も持っていなかったのだ。

その為、アルベルトルートやウィリアムルートの時の様に、何がなんでも邪魔をしてやるという気概はないので、アンジュの命を奪おうとしたり、他の男を使って襲わせようとしたりはしていない。

せいぜいアンジュと遭遇したらネチネチと嫌味を言うか、思い出したかのように気まぐれに軽く虐める程度であった。

しかし幼い頃からシルヴィアの高慢ちきな性格に耐えかねていたミハエルは、シルヴィアの罪を捏造し、公爵家から追放して、こっそりとレオンに引き渡す手引きをしたのだ。

ミハエルは叔父が、自分の姉に並々ならぬ執着を抱いていることを知っていた。

ゆえに公爵家当主の弟であり騎士団総帥のレオンにシルヴィアの始末を任せ、ついでに恩を売ることを選んだのである。

レオンはシルヴィアを手に入れた直後、すぐにシルヴィアに文字通り喰《く》らい付いた。今まで隠していた遠慮は一切取り払われ、獣のように容赦なく彼女を抱き潰す。

だって彼女を守っていた公爵家という強力な後ろ盾はもう消え去ったし、温室育ちの彼女が自分一人の力でレオンの元から逃げられる訳がない。

——自分だけがシルヴィアを甘やかせるし、愛してあげられる。

働いたこともなく、庶民の常識も知らない彼女はどうせ自分の元を離れて生きていけない。

それにシルヴィアが屋敷から抜け出したところで、世間知らずで癇癪持ちのお嬢様が誰の頼りもなく生きていけるはずもない。

だったら彼女をどう扱おうとレオンの自由である。

シルヴィアの逃げ場をなくしたことで、レオンはそれまで隠していた自分の、恐ろしいまでの執着心を曝《さら》け出し、怯えるシルヴィアを無理矢理犯して、容赦なく何度も子種を注ぎ続けた。

子供ができれば、自分の元から更に逃げ出しにくくなる。

レオンにとってシルヴィアを自分の元に繋ぎ止める鎖は多い程に良く、自分の愛に雁字搦《がんじがら》めにしてそのまま息もできなくなれば良いとすら思う。

だからレオンはシルヴィアの意思を無視して蹂躙《じゅうりん》し続けた。


ずっとずっと欲しかった存在。

珠玉の宝石。

それがやっと手に入ったのだ。

我慢なんてしていられるか。

徹底的に貪り尽くす。

長年にわたる執着はそれに比例して重く、おぞましいモノに成り果ててしまった。

初めは姪として純粋に可愛がっていたというのに、彼女が成長していくことで、次第に女として見るようになった。

自分でも異常だと分かっている。

二十程、年が離れている自分の姪に欲情を抱いているのは狂人のすることだ。

何度踏み止まろうとしたか分からない。

けれどその度に想いが溢《あふ》れて、ついには止まることができなくなった。

公爵家の長女で、王位継承者のアルベルトと婚約を結んでいるシルヴィアを手に入れるのは非常に困難だ。

だからこそ長い年月を掛けて、彼女の性格を作り替える必要があった。誰にも愛されることのないように、誰からも嫌われるように、実の家族ですら見放すように、レオンだけが彼女の手を取れるように、密かに画策したのだ。

長年の妄執がようやく叶ったことで、レオンの狂気に似た想いは更に加速する。


『死ぬまでも、死んでも手放さない。永遠にきみは私のモノだ』

『これからもずぅっと一緒だよ』

『可愛いシルヴィア。きみは何人の子を孕めば、私のことを愛すのかな？』


余談ではあるが元の世界では『シルヴィアを幸せにする会』によって、レオンとシルヴィアの二次創作は非常に人気が高かったことを記しておく。

◇
◆
◇

レオンとシルヴィアの末路を思い出して、内心頭を抱える。

(絶対『最愛の果てに』の製作陣、シルヴィアに何か恨みあるでしょ)

いつもいつも扱いが酷過ぎる。

なんなんだ。シルヴィアに村でも焼かれたというのか。

ご丁寧にシルヴィアの最後はしっかりとスチルで描かれている。

レオンルートでのスチルはお腹が大きくなって絶望し切った表情のシルヴィアを、レオンが蕩《とろ》けるような笑みを浮かべて後ろから抱きしめていた場面だ。

その顔は恍惚としていて、彼一人だけが幸せそうだった。

ちなみに『シルヴィアを幸せにする会』によって作成された二次創作で多かった話は腹ボテからの絆されハッピーエンドである。

皆、一度頭を冷やして欲しい。

冷静に考えて、いくら溺愛されていても、血筋が良くても、剣の腕が良くても、顔が良くても、幼い頃から自分のことを虎視眈眈と狙う叔父は怖くないか?

わたしは怖い。

だって普通にヤバい奴じゃん。

シルヴィアを悪役令嬢となるよう育てた諸悪の根源じゃん。

『シルヴィアを幸せにする会』だったら安易にそんな相手とくっつけないで欲しいと切実に思う。

ただでさえ身内に攻略キャラが二人も居るというのに、ここにきて更なる地雷源。

わたしは地雷の上でタップダンスする趣味はない。

だというのに、どうして休めるはずの屋敷でドキドキハラハラの生活をしていかなければいけないというのか。お陰で胃がキリキリしてくる。

チラリと未だ眉を下げて気まずそうにしょぼくれているレオンの目をじっと見つめれば、そこに色情を宿した様子がないことにひとまず安堵する。

恐らく、まだわたしのことを『姪』として可愛がっているだけなのだと思うが、公爵家次男として育ってきた彼はそれこそ自分の表情くらい簡単に作れるだろうから油断はできない。

ゲームのレオンはシルヴィアを際限なく甘やかすことで、彼女の性格を歪ませていった。

それは『いつ』からのことなんだろう？

まだその期限に余裕はあるのだろうか？

「……シルヴィア。今日はなんだか甘えてくれないんだね」

ちょうど考えていた内容を言い当てられたようで、心臓がドキリと跳ね上がると同時にしまったと後悔する。

確かにいつものシルヴィアであれば、レオンが訪ねるとくっついて離れない。

だというのに今日は明らかに距離感を出していた。これではおかしいと思って下さいと宣伝しているようなものだ。

「だ、だって……わたくし、もう十歳ですのよ。いつまでも子供のように叔父様にくっついていられませんわ」

「それは随分寂しいことを言うね」

「わたくしも同じ気持ちです。けれど叔父様はいつもわたくしを甘やかしてくれるんですもの。それに縋《すが》ってばかりではアルベルト殿下の婚約者として相応しくありません」

「……ああ。先日顔合わせしたんだっけ？　けれどそのせいで倒れたと聞く。もしもシルヴィアがその婚約を重荷に思うのなら私がどうにかしてあげるよ？」

蕩《とろ》けるような顔でやすやすとそう述べたことに、シルヴィアは不安が的中したようで、冷や汗がダラリと背中に流れる。

こともなげに王族との婚約破棄を匂わせた発言の大胆さに驚いてしまったのだ。

決定的な言葉ではないが、彼の眼は妖しく爛々と輝いていて、わたしが頷けばすぐに行動しそうで心臓に悪い。

（どうしよう。なんて言えば……）

正直な話、わたし個人としては攻略キャラである王子とは離れたいとは思う。

けれどこの婚約は国の事情が深く関わっているもので、一個人の感情で簡単に覆せるものではない。

ましてスカーレット家の前当主が単身で自ら王城に乗り込み、国王を脅して念書を書かせたのだ。

これでは『余程』のことがない限り、こちら側からの婚約破棄など認められる訳がない。

レオンだってシルヴィアの役割を重々承知のはずだ。

だというのに、突然そのようなことを言い出したのは何か別の意図があるのだろうか。

じっと彼の顔を観察しても笑顔が深まるばかりで、レオンが何を考えているかちっとも分からない。

このままでは本当に現段階で『叔父』としてシルヴィアを可愛がっているのかも怪しく思えてくる。

(いくらレオンでもまさか十歳児相手に欲情しないだろうけど、そのくらい、シルヴィアに対してとんでもないくらいの執着心を抱いていたのよね)

彼の計画を知っている以上、警戒しておくに越したことはないだろう。

——ふと思い出すのはレオンとの腹ボテエンド。あんなこと絶対にお断りだ。その為には彼の甘言に乗せられないようにしなければいけない。

「嫌ですわ、叔父様。まさかわたくしでは国母は務まらない、そう仰りたいの？」

ぞわりと肌が粟立つ恐ろしさを押し殺して、なるべく明るく笑い掛けた。

こてんと首を傾げてレオンを見上げれば、彼も口元を綻ばせる。

「まさか！　私の可愛いくて賢いシルヴィアならきっと誰よりも上手く務まるだろうさ。ただ少し、過ぎたる叔父としての情が邪魔をして、つい要らぬことを口にしてしまったようだ」

「叔父様はどうにも心配性ですのね」

「ああ。私はどうやらきみのことが心配で仕方ないらしい」

やけにねっとりとした熱の籠《こも》った台詞を気付かないフリをして、子供らしさを強調させる為にわざと口を尖らせる。

「過保護も程々になさって下さい」

「それは中々難しい注文だ。知っているだろう？　私はシルヴィアのことが何よりも大切なんだ」

「ありがとうございます。わたくしも叔父様のことを大切に思っていますわ。だけど、わたくしのことを思うならどうかあまり甘やかさないで欲しいの」

「どうして？」

「だってわたくしはアルベルト殿下と婚約した立派なレディなんですから、あんまり叔父様ばかりを頼っていては殿下に対して面目次第もございませんもの」

困ったように眉を下げると、途端に彼はさぁっと顔色が青くなった。

叔父様、と声を掛けようとしたけれど彼は苦しそうに顔を顰《しか》めて、そのままよろよろと扉に向かっていく。

「すまない。今日中に片付けておかなければいけない書類のことをすっかり忘れていた」

子供でも分かるあからさまな嘘は彼らしくない。

雑な理由を口にして退出していった彼を呆然と見届けたわたしは、今度こそ部屋に一人取り残されたのだった。

◇
◆
◇

（最悪だ）

レオンが部屋から出て行ったそのすぐ後に、力が抜けてまた倒れてしまった。

幸いなのは、部屋の片付けにやってきたメイドがすぐにわたしを発見してくれたお陰で、屋敷に住む医師が診察に駆け付けてきてくれたことだ。

医師の問診中にわたしは使用人達のバタついた足音により目を覚ました。意識を失っていた時間は三十分程だと近くに居たメイドに教えられる。

医師からは熱があるからゆっくり休むようにと言い渡され、わたしは自分の足で部屋に戻った。

身体は弱くないはずだけれど、最近は本当に倒れてばかりだ。

今後のことについて考えなきゃいけない。そう分かっていても頭がグラついて碌《ろく》に考えることもできない。

少し身体を動かすだけでも目眩《めまい》がするし、身体がやけに熱く、生理的な涙が瞳を潤ませる。

食欲もなく、昼食にと出されたミルクリゾットすらも、喉を通らない。

することがないからベッドで横になりながら、ぼんやりと天井を眺めていたら、部屋の外から控えめなノックが聞こえた。

多分、後からでも食べられるようにフルーツを持ってくると言っていたメイドだろう。

掠れた声で返事をすれば、ゆっくりと扉が開く。

「ウィリアムお兄様……」

予期せぬ人物の来訪に慌てて身体を起こそうとすれば、そのままで大丈夫だからと止められた。

ドサリとベッドに近い椅子に座った彼の手にはフルーツの入った籠《かご》を持っていたところを見ると、恐らくここに来る途中に遭遇したメイドから受け取ったのだと思う。

食べるかと聞かれたが、今は本当に食欲がなくてやわやわと首を横に振る。

「急にやって来てすまない。倒れたと聞いて、つい心配になって……」

「お気遣いありがとうございます。けれど、ここに居てはウィリアムお兄様まで病気になってしまいますわ」

「私は今まで殆《ほとん》ど風邪を引いたことがないから、平気だよ」

心配掛けまいと気丈に振る舞おうとしたけれど、どうにも弱く掠れた声になってしまう。

少し雑談した後に彼は立ち上がり、そっと額に手を伸ばした。

頭を冷やしていたタオルは既にぬるくなっており、あまり意味をなしていない。

彼はそれをベッド近くにあるサイドテーブルに避け、熱を測るようにわたしの額に手を置いた。

ウィリアムの手はひやりと冷たく、熱に浮かされた状態のわたしにはとても心地良い。

無意識の内に自分から彼の手を取って頬を冷やす。

「……兄様の手、冷たくて気持ち良い」

ふにゃりと笑い掛ければ、彼は咳払いをした。

もしかして彼も調子が悪いのだろうかと心配になって見上げようとすれば、もう片方の手で目隠しをされる。

「良いから、寝ていなさい」

「でも……」

「なんだい？」

「せっかくウィリアムお兄様が来たのに寝ちゃったら勿体ないわ」

「嬉しいことを言う」

「本心よ」

視界が暗い今、彼がどんな顔をしているのかは分からない。

けれど少しでもわたしの言葉で喜んでくれたらいい。

打算抜きでもそう思ったのは、この先の拗《こじ》れた関係を知っているからだろうか。

それとも、純粋に彼のことを慕ってのことだろうか。

今の状態ではどうにも判断することができない。だけど彼の大きな手に安心するのは事実だ。

「ウィリアムお兄様」

「なんだい？」

「大好きよ」

「……私もシルヴィアが好きだよ。だから早く良くなっておくれ」

頭を撫でられると視界が暗いのもあってかすぐに睡魔がやってくる。

眠気に逆らえなくて、そのまま身を任せると彼は安心したように息を吐いた。

そうして眠りについたわたしだったが、その夜、目が覚めると枕元に、昼間出ていったばかりの叔父が静かに立っていた。

◇◆◇

誰でもいいから、夜中に目が覚めたら能面のような顔で叔父がじっとこちらを見つめていた時の対処法を教えて欲しい。

(え、怖っ……!)

どこのジャパニーズホラーだ。

思わずそのままもう一度目を閉じて、手遅れながら寝たフリをしてしまったけれど、とりあえず悲鳴を上げなかった自分を褒めておきたい。

月明かりの下で、枕元に立つ彼の眼は妙に冴え冴えとしていて、息を呑みそうになる程の迫力がある。

下手に近づけば、そのまま切り捨てられそうな張り詰めた緊張感が部屋を包み、みじろぎすらままならない。

一番恐ろしいのは絶対にわたしが起きたことに気付いているくせに、未だ彼が動く気配がないことだ。

（こんなことなら目覚めなきゃ良かった！）

なんという不運な事故。

けれど、わたしが朝まで起きなかったとして、彼はわたしが起きるまでそのまま待っていた可能性がある。

考え過ぎかもしれないが、そうなったらそちらの展開の方が余程ホラーに思える。

（っていうか約束もなしに真夜中に姪の寝顔を見つめる叔父って、事案じゃない？）

彼の様子は明らかに異様だった。

一瞬だけ合った彼の目は生気の抜けたような虚さでこちらを見ていたのだ。

それは恐らく今も……

（何が怖いってバッチリ目が合ったクセになんの反応もないことよね）

彼の目的が分からないからこそ余計に恐ろしい。

いっそのことこのまま眠りにつければ楽なのだろうか。

だけどこの状況で寝られる程、図太い神経はしていない。それに本当に寝てしまえば先程見たレオンの顔が夢に出てきて魘《うな》されそうだ。

無言で何かを訴える叔父を放っておく勇気はない癖に、今更目を開ける勇気もない。

こんなことなら寝たフリなんかしなきゃ良かったと心底後悔した。

それにしても一体起きてからどれくらいの時間が経ったのだろう。わたしも彼もどちらも動くことなく、お互いの出方を窺《うかが》っていた。

緊張で喉がカラカラに渇いたし、汗でじっとりと張り付いた前髪が堪《たま》らなく不快だ。

ずっと同じ体勢で寝返りを打てないでいることも辛くて、異様な空気に耐えきれなくて叫び出したい。

この状況に耐えかねて、起きる理由を色々と探したけれど、実際に行動に移そうとしても、いざとなると指がベッドに縫い付けられたようにピクリとも動かない。睫毛《まつげ》を震わせることすら難しい。

まるで金縛りにあったようだ。

おかしい。

『最愛の果てに』は乙女ゲームであって、こんなホラー要素なんてなかったはずなのに、なんで殺人鬼と遭遇したような気分にならなきゃいけないんだ。

（……記憶を取り戻してからたった二日でどうしてこんな目に遭わなきゃいけないの！）

悶々と考えている矢先、声を掛けたのはレオンであった。

「シルヴィア」

ひどく、優しい声だ。

ともすればこちらの胸が震えてしまいそうな程の濃密な愛が込められていて、明らかに姪に向けるべき感情ではないものがドロリと混ざっている。

「今のうちに諦めておくといい」

諦める？

一体何を？

彼の言っていることの意味が分からないが、ひたりひたりと迫り来る恐怖に身体は固まり、声も上げられない。

そんなわたしの様子を見て彼が微かに笑う気配がした。

ふと緩んだ空気に油断した時、彼はわたしの頬に口付けを落として、部屋から出て行った。

遠ざかる足音を聞きながら、残ったのは呆然とベッドに横たわることしかできない自分だけだった。

第三章　倒れた先で

　翌朝。起き抜けに室内に誰も居ないことを執拗に確かめて息を吐く。思い出すのは昨夜レオンが呟いていた意味深な言葉だった。

「一体、今の内に『何を』諦めればいいのよ」

　彼のシルヴィアに対する執着をゲームを通して知っているからこそ、どうにもレオンが傍に居ると落ち着かないし、必要以上に彼の言葉の意味を深読みして、勘ぐってしまう。

（せめてゲームでレオンの心情が深く描かれていたら楽だったのに……）

　残念ながらレオンは『最愛の果てに』では攻略キャラクターではなかった。そのため、出番も殆《ほとん》どなく台詞も少ない。だからこそ彼の心情的背景はほぼ描かれておらず、いつからシルヴィアに恋情を抱いているのかまるで分からない。

　過剰なまでにレオンを警戒して、余計な気力を消耗して空回りしている現状を変えたいと思うけれど、中々そうもいかない。

　レオンの闇は深く、おぞましい妄執を抱いていることをわたしは知っている。

　だからこそ、決して油断することはできない。

　堂々巡りで結論が出ないことばかり考える自分に溜息を吐いた。

（……暇だからこんなことばかり考えるのよね）

体調が回復してから一週間が経っているというのに未だ休養を取らされている。

普段であれば家庭教師達との勉強の時間に追われていたというのに、最近体調を崩すことが多いせいで、疲れている様子だからしばらくはゆっくりと休みなさい、と両親から言い渡されてしまったのだ。

しかし何もすることがないというのは中々苦痛で、時間の経過がいやに遅く感じる。

最初の内は読書や刺繍等をして暇を潰していた。だけど、さすがにそればかりでは飽きてくる。

そういうわけでベッドを抜け出して朝食をとった後、気分転換に少し庭に出てみることにした。

けれど、部屋を出た時点で使用人達がゾロゾロと付いてきて、とてもじゃないが庭の散策を楽しむことなどできなかった。

温室の角にあるベンチから動かずに大人しく座っているから、一人にして欲しいと頼んでみるとようやく離れてくれたものの、遠巻きで此方の様子を窺《うかが》っている気配を感じる。

（これって世話が目的というよりも見張りが目的なのかな？）

こうも使用人達がわたしの側を離れないのは恐らく『誰かが』命令しているに違いない。

そしてそれはわたしの両親の可能性が高いと思った。

母の口振りから察するに、どうにも両親はわたしがアルベルトとの婚約を正式に結んだ重責に耐えかねて、体調を崩してしまったと考えているらしい。

確かに彼らからしたら今まで健康だった娘が婚約相手との顔合わせた途端に、体調を崩すようになったのだから、そう思われても仕方がないことではある。

両親は二人とも口にしないけれど、きっと仮病だと思われているのだろう。だからこそ一旦わたしに休息を与えることで娘の真意を探ろうとしているのかもしれない。

しかし四六時中使用人達に自分の動向を観察されていては見張られているようで居心地が悪い。

(……せっかく今は誰の動きもない平和な状態なのに、与えられた時間を不満に思うだなんてバチが当たりそうね)

レオンは看病の後はあっさりと帰っていってそれっきりだし、アルベルトからの連絡もなく、ウィリアムも騎士団宿舎で過ごしているようでなんの音沙汰もない。

弟のミハエルは共に住んでいるけれど、彼も次期公爵家の跡継ぎとしての勉強で忙しいらしく、食事の時くらいしか顔を合わせない。

(ミハエルは天使みたいに可愛いから、会えないのは少し残念なんだけどね)

呑気にそんなことを思っていると、パキリと小枝を踏み締めた音が聞こえた。

音がした方向に振り向くとミハエルがベンチの脇でこちらを窺《うかが》うようにわたしを見ていた。

(……フラグ回収早過ぎない？)

関わらないでおこうと決めていたこともあり、このまま逃げ出したい気分になる。目を逸らそうとして、彼の目元が赤くなっていることに気付いた。

「どうしたの……？」

ベンチから立ち上がって、持っていたハンカチで目元を拭っても、彼は何かに耐えるようにして口を開かない。

俯《うつむ》いてぎゅっと下唇を噛む様子は悔しそうで、自分よりも小さな存在が涙を堪《こら》えているのが健気で、いじらしく思えて、無意識の内に頭を撫でて慰めていた。

(柔らかい)

母譲りの柔らかい髪。日差しの下で角度ごとに煌《きら》めいて見える彼の髪は滑らかで、いつまで触っていても飽きることがない。

(……関わらないでおこうと決めたのに!)

自分の決意がいとも簡単に崩れたことは残念だ。けれど殆《ほとん》ど関わりがなかったとはいえ弟が頼りなげに肩を震わせていたものだから、つい衝動に駆られてしまったのだ。

(今だけ。慰めるのは今だけ。この後は関わらないようにするから……)

誰に咎められている訳でもないのに心の内で言い訳する自分に呆れつつ、こっそりとミハエルの様子を観察する。

相変わらず俯《うつむ》いていて表情がよく見えない。

だけど普段殆《ほとん》ど関わってこなかった姉の手を嫌がらなかったことからも、よっぽど嫌な目に遭ったのではないだろうか。

どうしてミハエルがここに来たのかも、何故泣いていたのかも、無理に理由を聞く気はない。

下手に詮索したところで彼の望む言葉が出てくるとは思わないし、会話もしたこともない相手がしゃしゃり出たところで余計にミハエルの心の負担が増すだけだろう。

だから言葉で慰めてやらない分、なるだけ優しく髪を撫でることにした。

(それにしても、こんなに小さかったのね)

年齢だけでいうと一つ下の弟。

大人であれば一つ下の年齢差など些細なものだが、子供の場合、一つ違うだけで成長具合に大きく差異が出てくる。

シルヴィアよりも低い身長に小さく温もりのある手。ふっくらとした薔薇色の頬に少し垂れた丸く大きな瞳。形の良い眉は困ったように下がっていて、けぶる睫毛《まつげ》は涙でしっとりと濡れていた。

こんな小さく弱りきった彼が、成長と共に捻れた性格になっていくなんて信じたくないと思った。

◇
◆
◇

ミハエル・スカーレットが歪んだのは子供の頃からずっと、優秀な兄ウィリアム・スカーレットと比較され、苦しみ続けたことが原因だ。

次期公爵家の跡取りとして必死に努力しても、どれだけ難しい数式を解いても、他国の言葉を覚えても、周囲はいつもウィリアムのことばかり褒めちぎる。

別にミハエルが特段できない訳じゃない。

ただウィリアムが特段でき過ぎただけ。

幼い頃のミハエルは、優秀な兄が居るのに何故自分が公爵家の後継ぎという役目を担わなくてはならないのか不思議だった。

けれどそのことを誰に聞いても答えてはくれない。期待と重責と叱責《しっせき》だけがミハエルにのし掛かり、息苦しくて仕方がなかった。そうして鬱憤が積もっていく。

（そんなにウィリアム兄様のことを褒めちぎるのならば、別に跡取りは僕じゃなくても良いのに！）

やり場のない憤りがミハエルを襲う。

どれだけ寝る間を惜しんで努力しても周囲には認められず、ただウィリアムのように励みなさいと言われ続ける疎外感。


なんで。

どうして。

僕だって頑張っているじゃないか。

一体何が足りない！

僕とウィリアム兄様とでは何が違う！


誰にも認められない虚しさが心を喰《く》い千切り、十歳になる頃にはすっかり捻れてしまったのには、姉であるシルヴィアの存在も影響したのかもしれない。

シルヴィアは幼い頃、アルベルト殿下との婚約者として相応しい、優秀な才女だった。

大輪の薔薇のように、たおやかで艶《あで》やかな美しい次期王妃。

そこに彼女が居るだけで周囲の空気は華やぎ、彼女と年の近い同世代の貴族の子女は皆、シルヴィアに声を掛けられることを夢想していた。

だというのに、その姉は成長するに連れ叔父の甘言に煽られて堕落していき、ただの傲慢な女に成り下がってしまったのだ。

（馬鹿だなぁ……）

本当はミハエルも姉に憧れていた。

同じ屋敷に住んでいながらあまり話す機会もなかったけれど、公爵家に生まれたことに誇りを持ち、自信に溢《あふ》れたその姿は魅力的でとても眩しかった。

そんな憧れはあっけなく砕け散り、代わりに残ったのは嫌悪の感情だけ。

勝手に期待して勝手に裏切られた気分になる自分が愚かに思える。

自分自身の失望から、ミハエルは成長すると共に自暴自棄になり、努力することを止めた。

どうせ努力したところで兄には敵わない。

そんなやるせない気持ちを心の奥底に隠して、軽薄に女の子達を口説いては侍らせるようになっていくのだった。

◇　◆　◇

「……姉さま？」

わたしを呼ぶ怪訝な声にハッと意識が吸い寄せられる。

泣いていたミハエルを慰めようと頭を撫でていたはずなのに、ぼんやりとしている内にいつの間にか彼を抱きしめていた。

ゲームの中のミハエルの情報を思い出したせいで物思いに耽っていたからか、急に我に返るとグラリと目眩《めまい》がした。

それを誤魔化すように笑みを浮かべながら、さりげなくミハエルから体を離す。

すっぽりと腕の中に納まっていた温もりがなくなったことに少しの物足りなさと寂しさを感じたけれど、なるべく関わらないと決めたのだからこれ以上の長居は無用だろう。

「ごめんなさい。まだ身体の調子が優れないものだから、少しぼんやりとしてしまったようだわ」

方便を混ぜてそれとなくこの場から去ろうとすると、彼は心配そうな色を浮かべてこちらを見つめていた。

「姉様は最近何度か倒れられたと聞きますが、もしかして今日も辛かったのでしょうか？」

「いいえ。身体はすっかり良くなったわ……だけど、ずっと部屋に籠《こも》ってばかりいたから体力が落ちたのかもしれないわね」

嘘を吐いた手前、純粋に心配されるとチクチクと良心が痛む。

こんな純心な子にどうして心配を掛けるようなことを言ってしまったのか。後悔した気持ちを抱いたまま踵《きびす》を返そうとした矢先——

（……え？）

足を前に進めようとした途端、何故か力が入らずにそのままへたり込む。

わたしよりも先に反応したのはミハエルだった。

「姉様！」

おろおろと彼もしゃがみ込んで、わたしの顔を覗き込んだ。その表情からわたしの顔色が自覚しているよりもひどいものだと知る。

（……どうして急に？）

今日の体調は確かに良かったはずだ。だというのに何故、もう一度立ち上がることすらできないのか。

わたしが地面に座り込んだことで、距離を取っていたメイド達がどうしたのだろうかと集まろうとする。

「シルヴィア」

けれどそれよりも早く、この場に居ないはずのレオンが長い足であっという間にわたしに駆け寄った。

「叔父様……？」

「大丈夫かい」

声を掛けたレオンはそのまま地面に跪《ひざまず》いて、真正面からわたしと対峙する。

しかしそこにいつもの余裕はなく、焦燥からか厳しい眼差しでわたしをじっと観察している。

普段わたしに向けられることのない彼の鋭い視線に胸がドキリとしたのは、迫力を感じた為だろうか。

「ええ。少し立ちくらみしただけです。叔父様はどうしてここに？」

「たまたま用事があってね。せっかく出向いたのだから、シルヴィアに会えないか探していたのだけれど、随分と顔色が悪いじゃないか」

立ち上がろうにも弛緩《しかん》した足には一向に力を入れられない。

レオンもそれに気付いたのだろう。彼はわたしを横抱きにすると部屋まで運ぶと宣言し、ミハエルに医者を呼ぶよう言いつけた。

人肌の温もりと歩く度に揺れる振動が心地よくて、瞼《まぶた》が重くなる。けれどその前に、運んでくれる彼にお礼を言いたくて口を開ける。

「叔父様、ありがとうございます」

彼の耳に届くか分からない程に小さな声。

しかしその声は確かに届いたようで、彼は柔らかく微笑んだ。

第四章　淫夢

記憶を取り戻してから、わたしは時折、レオンとの淫靡《いんび》な夢を見るようになっていた。

自分が成長した姿でのまぐわい。感覚も体温も妙にリアルなその夢はまるで逃れられない自分の未来を示しているように思えて、目覚めるといつも憂鬱な気分になる。


夢の中で、レオンは日が暮れた頃に寝室に訪れた。また憂鬱な夜がはじまるのだと身を固くしたわたしに、彼は眉間の皺を深くする。

今日、屋敷を抜け出そうとして失敗したことをわたしに付けられた監視という名の護衛から既に聞いているのだろう。

普段シルヴィアがどれだけ罵ろうと涼しい顔をしているくせに、わたしが少しでも逃げようものなら容赦することはない――きっと今夜は長い夜となる。

部屋を訪れたレオンは私の腰に腕を廻《まわ》すと、ピタリと密着したままでわたしを長椅子に座らせた。

沈黙の時間が長くなるに連れて、何をされるか分からない恐ろしさが増す。

心細さからつい彼を呼び掛ける。

「……叔父様」

わたしの呼び掛けに彼は微笑みで返し、懐からガラス瓶を取り出した。

繊細な細工が施された瓶の中に満ちる、毒々しい液体に気付いて、わたしはレオンから距離を取ろうと無意識の内に共に座っている長椅子から腰を引かせようとした。

「シルヴィア。今回のお仕置きはこの薬を飲むこととしよう」

「い、や。嫌です……」

瓶の中身が媚薬であることは今までの経験から直ぐに分かった。

だから彼から離れようとしたのに、腰をきつく抱かれていて逃げ場がない。

開口一番に用件を言ってのける彼の様子を見ると、やはりここから逃げようとしたことが相当気に食わなかったらしい。

「では仕方がない。お前が飲めないなら私が飲ませてあげよう」

冴え冴えとした眼差しで此方を見やるレオンの、その瞳には仄暗い怨恨が煌《きら》めいていて、逆らえば何をされるか分からない危うさが宿っている。

「じ、自分で飲みます」

「そうか。シルヴィアはやはり良い子で可愛いね」

素直に彼の命令に従ったことで、先程までの剣呑な表情は霧散したが、恐らくそれは表面上だけのものだろう。

ゆっくりと柔らかく頬を撫でられ、渡された小瓶を震える手で受け取った。

(飲みたくない)

いくら心の底からそう願おうとも、この場の支配者がそれを許すはずがない。

諦めた気持ちで小瓶の蓋を開けるとやけに甘ったるい匂いが鼻を擽《くすぐ》った。

躊躇《ためら》うわたしの様子に気付いたのかレオンの笑みは嗜虐的に深まる。それを見ると首元にナイフが当てられているような気がして背筋がぞわりと粟立つ。

どうせ飲まなければ解放されないのだからと、意を決して口元に桃色の液体を含ませた。

なるべく舌で味わうことがないように喉に嚥下したというのに、ねっとりとした甘さが口内にいつまでも纏《まと》わりつくことが不快だった。

「……言われた通りに飲みましたわ」

「うん。キチンと瓶の中身が空っぽになるまで飲んでいるね。もし言われたこともできないようであれば、その辺りから『教育』をしようと思っていたんだよ」

恐らく彼のいう『教育』がきっとわたしにとって良くないことであろうことは想像に難くない。

どうやら今日のレオンはわたしが想像しているよりもずっと虫の居所が悪いらしい。

(早めに薬を飲んでおいて良かったのかもしれない)

危うい綱渡りをなんとか成功させたことに安堵の息を漏らそうとしたが、その途端、手がジンと痺れて思い通りに動かせなくなった。

「叔父様……?」

おかしい。何度か飲まされたことのある媚薬であれば、痺れる効能なんかなかったはずだ。

思ってもみない症状が現れたことで不安な気持ちが更に増し、一体なんの薬なのだろうかと恐々とレオンを見つめる。彼は酷薄な笑みを浮かべて唇の端を歪ませた。

「ただの媚薬だと思っていた？」

「違うのですか……？」

「そうだね。今回は少しだけ痺れ薬も入っている」

「どうして？」

「さぁ……。それはきみが考えなさい」

その言葉に全ての苛立ちが含まれているかのような気がして、咄嗟《とっさ》にレオンに手を伸ばそうとしたが、痺れた腕を持ち上げる前に、彼は立ち上がり、踵《きびす》を返して扉に手を掛けた。

「叔父様……」

わたしの出したか細い声にレオンが立ち止まって、忠告を口にした。

「媚薬の効能自体はシルヴィアも知っていると思うが、もし耐えられないようであれば、ベッドサイドにあるチェストの引き出しを開けるといい」

「叔父様、何をしようというのですか？」

わたしの言葉に答えることなく、レオンは本当にそのまま部屋を立ち去ってしまった。

そのことが不吉の前兆に思えてならない。だって彼が『仕置き』する時、今までは必ず側に居て快楽を求めて無様に苦しむわたしの姿を満足そうに観察していた。

それなのに、今日に限って部屋を退出したのは一体どういう思惑があるというのか。

重厚な扉が閉められる音はやけに寂しく、突き放されてしまったかのような不安がわたしを襲う。

その気持ちを誤魔化すようにして、彼の忠告したチェストの元まで足を引きずった。

薬がジワジワと回ってきているのか身体が熱く、息も荒くなって、視界に涙が滲《にじ》んだ。

今でさえこうなのだ。本格的に効いて満足に身体を動かせなくなる前に、レオンが忠告したチェストの中身を確かめる必要がある。

そうして必死な思いで開けたというのに、引き出しの中身はやはりわたしを窮地に追いやるものだった。

「ひっ！」

中身を確認して反射的に悲鳴を上げる。

だって、引き出しに入っていたのは黒塗りされた男根の木型。

それも数多の宝石を嵌《は》め込まれているせいで、ごつごつと禍々しく光り輝いて見える代物だった。

慌てて引き出しを閉め、そのまま床にしゃがみ込む。薬が効いてきたのか掌に伝わる床の感触が冷たくて気持ちいい。

足を三角に折りたたもうとすると、膝がたわわに実った胸の頂点に擦れ、自分の中心から蜜が溢《あふ》れ出る。触れてもいないそこが貪欲に男を求めようとしていることを知ってわたしは絶望的な気持ちになる。

（嫌だ。絶対に欲望に屈したくなんかない）

まだ辛うじて正気だからこそ、身も世も無く快楽によがり狂った過去の自分の姿を思い出して、顔から火が出そうな程に恥ずかしい。

それなのに、脳裏にはたった今見てしまった張り型の形がハッキリと思い浮かんで、無意識の内にゴクリと物欲しそうに喉が鳴る。

(駄目。絶対に耐えるの！)

レオンによって毎晩丁寧にケアされた白い手を躊躇《ためら》いなく、歯形が残る程に強く噛む。

「……んッ」

血が出ようと構わず、何度も何度も強く噛み、痛みで自分の欲望を誤魔化そうとした。

それでも媚薬は少しずつ自分の理性を溶かしてくる。いっそのこと飲まされた薬が強力で即効性であったならばその勢いに乗り、快楽に溺れることができただろう。

なまじ理性が残されているからこそ、レオンが、ここに居ない主が戻ってきた時に発情期の雌犬のように、淫《みだ》らなことを強請《ねだ》りたくなる自分を想像してしまう。どれだけ耐えようともがいても、レオンに教え込まれた快楽の扉が開きそうで怖い。

手に滴る紅い血の感触が不快で舌で舐めとるが、そんな些細な刺激にすら官能を刺激される。

「ひっ……ん」

身体に燻《くすぶ》る熱がじっとりと快楽へと誘《いざな》い、早まる鼓動が苦しくて、服の上から強く押さえれば、切なげに立ち上がった胸の頂点が衣服に擦れて、熱の籠《こも》った溜息を零す。

淫《みだ》らに開発された自分自身のいやらしさに泣きたくなるのに、自覚すればする程に自分を慰めたいという欲が強まる。

ついにはその欲望に負け、胸元に指を挿し入れると、むずむずと狂いそうな程に疼《うず》く熱に身を任せてそこを直接引っ掻いてしまった。

「あっ……」

硬くしこり立った胸の頂点に指が少し触れるだけで、頭が真っ白になる程に気持ちがいい。

けれどそれは一時的なもので、少しでも指を離そうとすれば、触る前よりも寂しさを感じる。

痺れた腕ではまともに力が込められず、無理矢理爪を押し付けてなんとか刺激を強いものにしようとした。

いつもレオンにされるみたいに、こねくり回して、弾いて、引っ掻いて、舐めたり、噛んだりして、虐め抜きたい気持ちはあるのに力の入らない指は中途半端に熱を籠《こも》らせる。

「やだぁ」

悶えて苦しみながら、切なげに膝を擦り合わせれば、ドロリと蜜が零れ落ちた。

この先にある快楽を求めて期待しているのに、思い通りに動かない腕がじれったい。

足の間に手を差し入れて下着の上から秘豆を擦りあげようにも、ゆっくりとしか動かすことしかできず、結果としてもどかしさだけが募る。

その内、より快楽を求めてベッドの角をどうにか跨《また》ぐと、そのまま腰を振りはじめた。力の入らない指で慰めるよりも重力に従って動いた方が得られる快楽が大きいと思ったからだ。

(なんて惨めな格好をしているの……)

秘豆を押し付けるようにして快楽を求める淫蕩《いんとう》な動き——こんな姿、絶対誰にも見られたくない。

(もしもここで誰かが入ってきたら……)

考えただけでも恥ずかしさで身がすくむ。それと同時に被虐願望に花が開いたことも確かに感じてしまっていた。

シーツに蜜を垂らして、さらなる快楽を期待する。けれどどれだけ腰を動かして、柔らかいスプリングの上で絶頂を求めようとも、緩慢《かんまん》とした鈍い動きだけではそれはやってこない。

「ふっ……ぁ、あっ」

媚びるような甘い声が鼻から抜ける。最早それを気にする余裕もなく、今度はそのままベッドに横たわると、苦労して下着を脱ぎ捨てた。

切なさから濡れそぼった蜜壺の中に性急に指を一本ずつ挿し入れては掻き回す。

「ひ……ぁあ、んっ」

グチュグチュと音をさせて、立て続けに三本もの指を咥《くわ》え込んだというのに、細い指では自分の求める場所を擦ることもできない。それでも疼《うず》く身体を慰める為に指を動かし続ける。

(……足りない。もっと欲しいの)

もどかしそうに腰をくねらせて、絶頂を求めても、自分の期待する快楽とは程遠い。その落差がより一層自分を苛む。

(こんなのどう耐えればいいの……)

せめていつレオンが戻ってくるのか分かっていたのならば、それが救いとなったのかもしれない。

チラリと寝台の横にあるチェストに眼をやる。一瞬でも考えた自分の浅ましさに首を振り回して苦悩したが、それもほんの少しの間のこと。堪《こら》え切れない身体の疼《うず》きに負けて、とうとう引き出しの中身を取り出した。

自分の両手に収まる程の大きさであるのに、宝石を幾重にも張り付けられているソレはずっしりと重い。

本来であれば美しい装飾品になったであろう宝石の輝きに、躊躇《ためら》う気持ちが生まれたのは確かだ。

もしもわたしにほんの少しの理性が残っていたのであれば、手に持っているモノを引き出しにしまい込み、そのまま目に留めないようにしただろう。

しかし甘い蜜を滴らせたソコは切なげに濡れそぼり、今か今かと訪れる快楽を待っている。

冷たく無機質であった張り型は握りしめたことでわたしの体温が移り、ほんのり暖かい。

幾重にも宝石が嵌《は》め込まれていることによって普通の張り型よりもごつごつと硬い凹凸《おうとつ》が増していて、ナカで軽く動かす快楽を想像するだけでゴクリと唾を飲み込む。

（少しだけなら、レオンが戻ってくるまでの間だけなら……）

一度達すればそこで終わりにしようという甘い考えのまま、ノロノロと秘所に張り型を宛てがう。

既に指を三本も咥《くわ》え込んだソコは涎を垂らして与えられるであろう快楽を待ち望み、滂沱の涙を流して悦《よろこ》んだ。

「はぁ……んっ、ああっ」

ただ挿れただけなのに、頭が真っ白になる程に気持ち良くて、玉の汗が流れる。震える手で抽送すればその度に腰をくねらせ、淫《みだ》らな水の音が静かな室内に響き渡った。

（きもちいい……）

出っ張った宝石が肉壁を擦り、ヒダの一本一本がその形を確かめるかのように締め付ける。

なんの技量もない、ただ挿れて出すだけの拙い動きであるはずなのに、指では届かなかった場所に当たるだけで咽《むせ》び泣く程の快楽がわたしを支配する。

だからこそ無我夢中でその行為を繰り返す——なのに、まだ足りない。

だって叔父様のモノであれば、もっと深い所を突くことができたはずだ。

彼との閨の行為を思い出す。

もう何度も彼に抱かれているからこそ、その行為をまざまざと思い出してしまう。

嫌だと何度も言ったのに強引に抱かれることを繰り返した結果、レオンの手によって快楽の味を覚え込まされた。

その結果、いつの間にかこんな無機質なモノでは達することができなくなっていたのだ。

けれど、何もしなければそれこそ頭がおかしくなる程に身体が疼《うず》いてわたしを苦しめる。最早自分ではどうしようもないまでに切迫した身体の疼《うず》き。

ジレンマに陥った身体を慰められるのはレオンだけ。

たとえ彼がわたしをここまで窮地に追いやった張本人だとしても、きっとレオンだけが快楽を求めてはしたなく喘ぐわたしを救えるのだ。

「おじさま、お願、い。足りないの……っ」

とうとう自尊心をかなぐり捨て、白旗を揚げて彼を呼んでも、既にレオンはこの部屋から出ていった。だというのにボロボロと涙を零しながら、彼に縋《すが》る自分はなんと惨めなのだろう。

足を大きく開きながら胸を曝《さら》け出して、胸の頂点を弾いて引っ張る。自分自身が好き勝手に甚《いた》振《ぶ》ったそこは赤く充血し、男を誘うように色濃くなっている。

「叔父様、叔父様……！」

夢か現か分からない程に朦朧とした意識の中、ひたすらに彼を呼び続けた。

「お願い。叔父様が欲しいの」

だって結局のところ、わたしを助けてくれるのはレオンだけだと、とっくに身に染みて分かっている。

たとえ彼がわたしを地獄の底に突き落とした張本人であろうとも、わたしを救ってくれる人間は、もうレオンしかいない。

だからこそ声を上げて懸命に彼の名を呼んだ。

涙と涎でグチャグチャになった痴態を見せることになろうとも、それを気にする余裕はなく、ただひたすらに助けて欲しいと願った。

「――随分と楽しんでいるようだ」

「叔父様っ！」

突如掛けられた声にビクリと身体が跳ね上がる。自慰に夢中になっている内にいつの間にかベッドの脇に立っていたレオンに気付いていなかった。本能に負けて淫《みだ》らな行為をしてしまったことへの後ろめたさと、それを見られていたことに対する強烈な羞恥に泣きたくなる。

だというのに彼の顔を見るだけで、何をされるのだろうと期待が高まり、膣に入ったままの張り型を無意識に締め付けた。

ゴツゴツした突起が肉壁に当たったことで熱い吐息を洩《も》らすと、レオンはソレを一気に引き抜く。

「あ……ぁッ！」

「教えてもいないのに、シルヴィアは自分を慰めることが上手じゃないか。私が思っているよりもずっときみはスキモノのようだ」

淡々とした態度はただ事実だけを捉えているように見えた。

彼の居ない間に痴態を繰り広げていたことを指摘されたことが恥ずかしくて俯《うつむ》けば、顎に手を掛けられて上向かせられる。

「なっ、何を……」

思ってても見なかったレオンの行動に呆けてしまいそうになる。しかし彼の男らしい筋張った指で自分の唇の形を確かめるようになぞられると、甘く男を誘う声が洩《も》れた。

「ほら口を開けて」

支配者に相応しい短い命令だった。その短い命令に従属する悦《よろこ》びに打ち震えそうになる。

自分でもじれったくなる程にゆっくりと口を開けると、唇が重なって、熱い舌が割り入った。

歯列をなぞり、上顎を突つき、得られるであろう快楽の大きさから恐れをなして逃げるわたしの舌を自身のものと絡ませる。

逃げる度に執拗に追い込まれるせいで、ともすれば自分からレオンの舌に絡ませているのではないかとすら錯覚しそうになる。

「ふっ、んんっ」

不埒《ふらち》な手がわたしの太腿を弄《いじ》り、擽《くすぐ》る。それだけで背筋がぞわりと戦慄《わなな》く。この先の行為を期待して蜜を更に滴らせ、彼の方に腕を廻《まわ》すと満足そうに嗤《わら》う気配がした。

「何が欲しい？」

長い口付けの終わりに彼はそう尋ねる。今の状態のわたしが欲しいもなんか、分かりきっているはずだ。なのにわざわざ尋ねてくる意地の悪さについ口を噤《つぐ》んでしまう。

「…………」

「シルヴィアが何も望まないのならば、今夜はこれで終わりにしようか」

そのまま本当に立ち上がりそうになる彼の服の裾を掴み、慌てて引き止める。

「……いじわる」

「だってシルヴィアの口から私を求める言葉が欲しいからね」

彼の言葉に迷いながらも、本音を零す。

「……叔父様を下さい」

風に吹けばそのまま飛ばされてしまいそうな程に小さな声であったけれど、それは彼の耳に届いたらしい。

「いいよ。本当はもっときみの口からいやらしい言葉を聞いてみたいものだけれど、あんまり焦らし過ぎてこれ以上嫌われたくないからね」

彼の言葉に嘘つきだと内心吐き捨てた。だって彼はわたしの意思も関係なくこの屋敷に閉じ込め、身体を好きに蹂躙《じゅうりん》している。

何度も止めてほしいと訴えたのに適当に流されている現状では、わたしの思いなんか彼には関係のないように見える。

欲しいものはなんでもくれてやると言いながら、屋敷から出たいというたった一つの願いだけは叶えてくれない。彼が叶えてくれるのはいつだって自分に都合の良いものだけだ。

余裕の表情を浮かべていたレオンだったが、わたしの手に噛み跡が残っていることに気付くと、きつく眉根を寄せた。

「血が出る程に随分強く噛んで……、痛みで薬の効能を誤魔化そうとしたのかい？」

固まりはじめていた血をペロリと舐め上げられる。鋭い眼差しは普段向けられることが殆《ほとん》どない分、妙に心臓の鼓動が早まる。

「だって、その、辛かったの」

結局その視線に耐え切れなかったからこそ気まずく、辿々《たどたど》しくなった言い訳は自分でも分かるくらいに稚拙《ちせつ》なものだ。

「覚えておきなさい。きみを傷付けて良いのは私だけだ」

「あ……」

静かな、それでいて力のある言葉だった。

意味を理解するよりも早く彼はわたしの傷付いた手に歯を立てた。固まっていた血は再び流れ、手首まで滴る。白いシーツが紅く染まる寸前、彼は赤い舌を覗かせながら執拗な程に丁寧に舐め上げた。

伏せられた瞳は雄としての色気を壮絶な程に孕み、そのまま見惚れてしまいそうな程に艶麗《えんれい》だ。目の離せない色香が室内を支配した。漂う血の匂いと艶《なま》めかしい雰囲気にわたしは酩酊《めいてい》したように頬を紅潮させ、蕩《とろ》けた瞳で彼を見つめる。

彫刻のように整った彼の顔は精悍で、わたしという獲物を虎視眈々と狙っているように見えるのに、女として支配される雌の悦《よろこ》びが身体を駆け巡る。

(何を考えているの?)

あれだけ彼の元から逃げ出したいと願ったはずだ。ただ平々凡々な人並みの幸せを手に入れたいと渇望してきたはずだった。

なのに、今の自分はその思いから対極的なものを、自らレオンに差し出そうとしている。

その事実に気付いたことで、周到に自分を囲い込もうとしているレオンの執念と策略を垣間見た気がして、ゾクリと肌が粟立つ。

「……叔父様、離して下さい」

弱々しい声で訴えたところで彼がそれを叶える気がないことは知っている。

それでも拒絶を口にしたのは、ただ自分に負けたくなかったからだ。彼の居ない間に一度屈服してしまったからこそ、今ここで、再び彼に白旗を揚げたくない。

窮地に陥ったからこそ吐き出したただ一つの願いに——彼は極上の笑みを浮かべる。

「嗚呼、それでこそシルヴィアだ……!」

うっとりと緩慢《かんまん》な動きでわたしの頬に両手を添える。彼の体温はいつになく高く、熱に浮かされたかのように恍惚とした瞳でただわたしだけを映していることが恐ろしくて仕方がない。

だというのにわたしを苦しめる身体の欲望は膨れ上がる一方で、彼に見つめられるだけで劣情で下腹部が疼《うず》く。レオンの手を振り払いたいのに、心を置き去りにした身体は素直に陥落しようとしている。

心でいくら拒絶しても身体が受け入れようとする乖離《かいり》に頭がおかしくなってしまいそうだ。それでも懸命に抗おうとするのは一度でも彼を受け入れてしまえば、なし崩しに籠絡《ろうらく》されるかもしれないという強迫観念から。

もしもわたしの意思が少しでも弱ければ、あるいはレオンに飲まされた薬の効能がもう少しでも強ければ、そのままわたしは彼の思い通りになったのかもしれない。

首輪を付けられた従順な飼い犬のように身を委ねてしまう自分が情けなくて仕方がないが、心だけは簡単に明け渡したくなかった。

(……なんで彼はこんなに回りくどいことをするの?)

だって彼であれば『スカーレット公爵家に見捨てられた』わたしを脅すことも、洗脳することも、薬で廃人にすることも可能だろう。それをしなかった理由は——

「考え事とは随分と余裕じゃないか」

「あぁっ」

わたしの思考を散らすようにレオンは猛った男根でわたしを貫いた。

既に自ら張り型で慣らしていたこともあって、濡れそぼったその場所は歓迎するように彼のモノを美味しそうに咥《くわ》え込み、今まで届かなかった最奥を突かれるだけで閃光が迸《ほとばし》る。

「ひっ！　やだ、ぁッ……」

どれだけ口で否定してみせても、身体をくねらせて足を開いている。レオンが少しでも引き抜こうとする度に、きゅうきゅうと締め付けて自ら腰を揺らして卑猥な程に乱れた。

「シルヴィア……！」

胸を露出され、乳輪をクルクルとなぞられると焦ったくて、彼が触りやすいようにと無意識の内に胸を突き出す。

なんてはしたないことをしているのかと己の惨めさに涙が流れた。だけど身体は彼に触れられる度に蜜を滴らせて悦《よろこ》ぶ。硬く立ち上がったその場所を柔らかく噛まれるとそれだけで達してしまい、内壁がビクビクと小刻みに痙攣《けいれん》してレオンの精を貪欲に搾り出そうと蠢《うごめ》く。

「っ、レオ、ンっ！」

感極まったように彼の名前を呼んだのはそれだけわたしに余裕がないからだ。

普段であれば、彼に関係性を突き付ける為に『叔父様』と呼んでいるというのに、理性のなくなった状態ではあっさりと彼の望む言葉を吐き出す自分の単純さ。

わたしにだけ許されたレオンの名前を呼ぶ権利。

その意味をわたしはいつまでも分からないままだった。

◇◆◇

どれくらいの間、眠っていたのだろう。

既に部屋の中は暗く、丸い月が冴え冴えと輝いている。

辺りを見渡すと人の気配はなく、部屋の外の様子を窺《うかが》おうかとふらつきながらもドアを開けると、廊下で控えていたのは他でもないレオンだった。

「叔父様……」

「やぁ。体調はどうだい？」

先程まで淫《みだ》らな夢を見ていたせいで、レオンと対面するのはなんだか妙に居心地が悪い。

思わず一歩下がるわたしを見て、彼はよろめいたと思ったらしく、肩を抱いて支えられてしまった。

肌に伝わる彼の体温は夢の中で触れ合っていた時と同じ暖かさで、だからこそ『夢』を意識する。

（嗚呼、こんなんじゃレオンに不審に思われてしまう）

けれど意識すればする程に身体が固まり、どのように接すれば良いのか分からない。

沈黙を続けるわたしに彼は腰を屈《かが》め、ゆっくりと額を近づけた。

（ひっ！　近い！）

コツンと柔らかく額同士をくっつけられる。どうやらわたしに熱がないか確認しているようだった。睫毛《まつげ》の本数すら数えられる距離の近さに、実際に熱がなくとも頬が紅潮していく。

「……………」

「熱はないようだけれど、顔が赤いね」

「今まで寝ていたものですから、まだ体温が高いままなのかもしれません」

「ああ、そうか。熱がなくて安心したけれど、倒れたばかりなのだからベッドで寝ていた方が良さそうだね。お腹が空いているようであれば、何か持って来させようか？」

「……ええ。では何か軽いものをお願いしてもよろしいでしょうか」

特段空腹を感じている訳ではないが、ぎこちない雰囲気を誤魔化すために頷いておく。

レオンはそのままわたしの部屋に入ると、ベッド脇に備えてある使用人を呼ぶ為のベルを鳴らし、手慣れた様子で訪ねてきた使用人にてきぱきと指示をする。

すぐに食事が運ばれきて使用人が立ち去ると、レオンとまた二人きりになってしまった。

どうしても意識してしまい、スプーンを持つ手が汗で滑りそうだ。それでもせっかく用意してもらったのだからと食事に手を付ける。

運ばれた夜食は野菜たっぷりのチキンスープと柔らかいパンだった。温かく、湯気が立ち上っている。

「食欲がなくて食べられそうになかったら残しても良いからね」

「いいえ。食欲については大丈夫そうです。ただ最近、食事と一緒に用意されているこの飲み薬の味はどうにも苦手ですが……」

「ああ。屋敷に住み込んでいる医者が用意したものか。確かにあの先生が出す物は苦いからね。シルヴィアが望むようであればクビにして、新しい医者を雇おうか？」

「……叔父様が言うと冗談に聞こえませんわね」

「冗談ではないからね」

笑ってはいるが確かに彼の目は本気だ。彼が実行に移さないようにわたしは慌てて瓶の蓋を開けた。

（そういえば夢の中でもわたしはレオンの前でガラス瓶の蓋を開けて薬を飲んだわね）

もっともあれは媚薬ではあるが、どことなく抱いた既視感は喉を嚥下する薬の強烈な苦味で直ぐに消え去る。

えずきそうになるのをなんとか堪《こら》えて、薬を一気に飲み干したのは、ちびちびと飲むよりも勢いよく飲んだ方が嫌な気持ちが長引かなくて良いと思ったからだ。

えぐみ、渋み、苦味の人間が嫌がる味を凝縮させたかのような液体を涙目でなんとか飲み込む。次いでレオンに差し出された口直しのプリンに喜びを隠せない。

その気配りに感謝しながら口に含むと優しい甘さが広がり、心が慰められた。彼は目を細めてわたしが食べ終わるのを見届けると髪を撫で、そのまま食器を持って部屋を退出していった。

閉じられた扉を見て、ほっと安堵の息をつく。

レオンのことも気になるが、もう一人、ミハエルのことも気になっている。レオンに運ばれる前の慌てようからして、きっと人が倒れる姿だなんて初めて見たことだろう。

ただでさえ泣いていて心が弱くなっていた時に、姉が目の前で具合を悪くしたのだ。追い討ちを掛けるようなことをしてしまった罪悪感に胸が苦しくなり、次に彼に会う時があれば迷惑を掛けたことについてきちんと謝罪をしようと考えた。

どの言葉で、何をどういう風に、と頭の中で思案していく内に眠くなる。

そして寝る直前までミハエルのことを考えていたからか次にわたしが見た夢は彼の攻略エンドについてのことだった。

第五章　悩んだ先の答え

十八禁版『最愛の果てに』に限り、各キャラの攻略後、ご褒美としてヒロインと出会う前の心情が描かれたおまけの話をスチル有りで楽しむことができる。

アンジュと恋することで、各キャラの恋愛における感性がどう屈折していくのか楽しめる寸法であったのだけれど、その中でミハエルだけは最初から心が歪んでいたことが発覚し、発売当時、彼を攻略したプレイヤー達がネットで騒いでいたという。

わたしはリメイクされた後の全年齢版からはじめたので、当時のことはよく知らなかったけれど、十八禁版をクリアした後でゲームの情報を調べていたら、まとめサイトに記事が上がっていた。


『ゲーム開始前からヤバい奴いるじゃん』

『ヒロインが攻略されるルート』

『最初から不穏につき、要注意！』

『アンジュは平民であった方が幸せだったのでは……？』


当時のプレイヤーたちの怯える声にスマホを見て笑っていたものだったが、今となっては過去の自分が持っていた余裕が恨めしい。

基本的に十八禁版『最愛の果てに』の攻略キャラはヒロインのアンジュに出会うことで愛情が捻れ曲がり、心が歪んでいく。

だけどミハエルだけは最初から心を歪ませていて、彼はアンジュと出会っても捻れた性格が直ることはない。それどころかむしろ悪化する。

彼はアンジュを気にいるや否や、学園で彼女を孤立させる。自分だけがきみの味方だと嘯《うそぶ》き、彼女が自分なしでは生きていけないように徹底的に追い込んでいくのだ。

そうして全ての黒幕がミハエルだと気付いたアンジュが離れようとした時、公爵家の所有する別荘地に彼女を閉じ込め、バッドエンドではそのまま薬を使い、廃人にさせてしまうのだ。

（……バッドエンドとはいえ、もうちょっと救いのある終わり方はなかったの？）

いや、まぁ歪な愛が十八禁版『最愛の果てに』の売りなのかもしれないが、それにしたって酷いものだ。

ちなみに『最愛の果てに』のミハエルファンは彼に心酔している者が多いことから、他の攻略キャラが好きなユーザーからは『信者』と呼ばれている。

（なんだかスカーレット家の男性陣が、こと恋愛方面になるとやばくなると思うのはわたしだけ？）

ゲームでウィリアム、ミハエル、レオンに共通しているのは、目的は違うにしろ最終的に自分の想い人を監禁している点だ。

しかし今考えなければならないのはミハエルのことだ。

（……このまま何もせずに未来に進めば、間違いなくミハエルの性格が歪むのよね）

ウィリアムと比べられ続けたことでミハエルが自暴自棄となり捻くれてしまうのは、全年齢版と十八禁版どちらも共通している確定事項だ。

大人の事情により、両作で彼の性格が大きく変わっているがこの事実だけは変わらない。けれど温室で出会ったミハエルは素直な様子で、まだ心が折れる前のように思えた。

（……今ならまだ間に合わないかしら？）

彼の心が折れないように支える人が傍に居れば、性格が歪むのを避けられる可能性はある。

――ふとわたしの脳裏に過ったのは温室で出会ったミハエルが一人で泣いていた姿。

あんなに小さな子がたった一人で辛い気持ちを抱え込んでいると思うと胸にくるものがある。

誰だって人と比較されることは辛い。

それによって自分の価値を低く見られるのならば尚更。

ミハエルがたった一人で、誰も居ないであろう温室に来たのは、恐らく誰にも泣いている姿を見られないようにするためだろう。

そう考えると、やはり彼には弱音を吐ける相手が居ないのだ。

自分を否定されたまま、周りが求める人物像になるのを強いられる環境では、いくら聡明で優しい子でも折れるのは必然。もはや時間の問題である。

けれど、果たしてわたしがミハエルに安心感を与えてあげられるだろうかと悩んでいると、部屋の扉を叩く音がした。すっかり考えに集中していたからかその些細な音にすら驚いて肩がビクリと跳ね上がる。

「姉様、ミハエルです。入室してもよろしいでしょうか？」

「え、ええ。どうぞ、入って」

ちょうど考えていた当人の登場につい動揺して、声が上擦る。

「……失礼します」

おずおずと戸惑いを浮かべてミハエルはやってきた。誤魔化すように慌てて身体を起こせば、勢い付いた反動からか目眩《めまい》でフラついてしまう。

「……っ」

「シルヴィア姉様！」

駆け寄ったミハエルが支えてくれようとしたが――小さな彼の腕では支えきれずにそのまま二人でベッドに倒れ込んでしまう。

意図せず押し倒される形になってしまったけれど、ミハエルは距離が近いのが恥ずかしかったのか、顔を赤くして直ぐにベッドから抜け出してしまった。

そのまま所在が無い様子で立っている様子に、彼の緊張がありありと伝わった。

「……ミハエル、良かったら近くの椅子に座って頂戴」

「は、はい」

「本当はわたくしも起き上がりたいところだけれど……」

「いえっ！　僕が勝手に押し掛けたのですから、シルヴィア姉様はどうか横になっていて下さい」

自分よりも小さな子に気を遣わせたことに苦笑しつつ、メイドを呼んで彼の分のお茶を用意して貰う。

その間、ミハエルは見ているのも可哀想になるくらい肩身を狭くしていて、素直そうな彼をどうして警戒してしまったのだろうと罪悪感が湧き上がる。

距離を測り切れていない気まずさから、お互い、しばらく沈黙してしまう。

わたしにとってはこれからどうミハエルに接しようか考える時間でもあった。

「ミハエル」

「……っ、はい」

「お見舞いに来てくれてありがとう」

直接言葉にして感謝を伝えれば彼は目を丸くさせて、此方を見た。

「僕は姉様にお礼を言われるようなことなんてしていません」

強い言葉の拒絶とは裏腹に、彼は罪悪感に打ちのめされた顔をする。

「どうしてそのようなことを言うの？」

「だって、僕は姉様の体調が優れないとメイド達から聞いていたのに、姉様の優しさに甘えてしまったから……僕が無理をさせたせいで姉様の具合がもっと悪くなってしまったのではないのですか？」

ああ、そうか。

わたしがあの時、体調が悪いと嘘をついたのを気に病んでいるのだ。

自分の浅はかさにほとほと呆れる。申し訳なくて、胃が捩《ね》じ切れそうだ。

自責の念からぎゅっと唇を噛み締めると、彼はわたしに断罪されるのではないかと思ったのか身体を震わせた。

「わたくしが倒れたことはあなたの所為じゃないわ」

「けれど……」

きっぱり断言しても、ミハエルは涙を堪《こら》えているだけだった。

そんな健気な様子を見てしまうと、なおのこと罪悪感がずしりとのし掛かる。

私もミハエルと同じように謝りたくなったけれど、それをしたところで自分が楽になるだけだろう。

「あなたは何も悪くない。悪いのはきちんと体調を管理できなかったわたくしの方だわ」

「姉様」

「……わたくしが倒れたことで随分と心配を掛けてしまったわね」

「いいえ。僕は姉様が倒れても、狼狽《うろた》えるだけで結局何もできなかった」

「それにわたくしに怒られるかもしれないと思っていたのに、お見舞いに来てくれたのでしょう。それは勇気がないとできないことだわ」

わたしの言葉に今度こそ彼はぼたぼたと涙を流しはじめた。何かまずいことを言ってしまったのではないかと焦る気持ちでベッドを降りる。

しかし本調子ではない身体では起き上がるだけで目眩《めまい》がする。俊敏に動くことは叶わず、よろよろとした緩慢《かんまん》な動きで彼に近寄った。

大人であれば互いに腕を伸ばせば届く程の近さであったというのに、すっかりなまってしまった身体が憎たらしい。

ようやく辿《たど》りついて、慰めるようにしてミハエルの背中を撫でるが、そんなことですぐに落ち着く訳もない。背中を撫でられたことでミハエルはいよいよ泣き出してしまった。

「ねえさま。ねえさま！」

嗚咽《おえつ》を漏らしながら必死にわたしを呼ぶミハエルは、たまらない様子で私の背中に手を回して縋《すが》り付く。

力の限りに遠慮なく抱きしめるミハエルに、わたしは今まで、記憶を取り戻した後も構ってあげられなかった罪悪感がふつふつと湧き上がった。

（わたしはミハエルが苦しい思いを抱えていることを知っていたのに……！）

結局、我が身の可愛さから見ないフリをしようとしていたのだ。

悔やむ気持ちから、せめて心を込めて慰めようとしたが——そのとき急にミハエルが崩れ落ちた。

（お、重い……！）

意識を失ったミハエルは重量に従うがままわたしに寄りかかり、二人して床に寝そべる形になる。

そっと涙で濡れた前髪をかき分けて彼の顔を覗き込むと、泣き疲れたのかそのまま眠りについたらしく穏やかな寝息を立てていることに安堵した。

（急に倒れたからどうしたのかと思った）

精神的に歳を重ねたわたしですらこうも焦るのだ。まだ九歳になったばかりのミハエルではもっと怖い思いをしたはずだった。

（わたしが倒れたことがトラウマになっていなければ良いけど……）

頬に伝っていた涙をそっと拭う。

柔らかい絨毯が敷いてあるとはいえ床は硬く、このまま眠り続ければ身体を痛めてしまうだろう。かといってミハエルにのし掛かられているこの状態では動くこともできず、ベッドの脇にある使用人を呼ぶ為のベルを鳴らすことも叶わない。

さてどうしたものか。

声を上げて使用人を呼んでしまえばいいのかもしれないが、それではミハエルが起きてしまう可能性がある。

せっかく寝ているというのに邪魔をするような行動は避けたかった。ならばこっそり抜け出した方が早いかと考えた矢先、部屋の扉が開かれた。

年若いメイドはティーポットをのせたお盆を持っていて、目が合うと困ったように笑う。

ミハエルが泣いたことですっかり忘れていたけれど、そういえば紅茶を頼んであったのだ。

「お嬢様、ミハエル様は大丈夫ですか？」

恐らくはミハエルの泣き声が聞こえて、入室のタイミングを失っていたのかもしれない。その証拠に彼女はわたし達二人が床に寝そべっていても驚いた様子を見せていなかった。

「……疲れて眠っているだけだから問題ないわ。だけど風邪を引かないうちにわたくしのベッドに寝かせてあげて」

「お嬢様のベッドに、ですか？」

「ええ。それで構わないわ」

わたしの答えが意外だったのか再度確認を取られたことに苦笑する。

ミハエルと私の間に会話がなかったことは使用人にも知れ渡っていて、そのせいでどうも不仲だと思われているらしい。

だからこそ、誤解を解く意味も込めてわたしのベッドに眠らせることにしたのだ。


それから、ミハエルとわたしは顔を合わせる頻度が増した。

最初はお互い何を話せば良いのか分からなくてぎこちなかったけれど、会う回数が増えるに連れて、雑談する時間も長くなっていった。

そもそもわたし達姉弟は仲が悪いというよりは関わりが少な過ぎた。どう接して良いのかもよく分かっていなかったのだ。

だからそのきっかけになったという意味では、あの時温室でミハエルと遭遇して良かったと思う。

(それにやっぱりミハエルは可愛いし……)

わたしが訪ねると瞳を煌《きら》めかせて天使のように笑う彼に、毎回胸がキュンとときめいて甘やかしたくなる。

美味しいお茶菓子があれば彼と共に食べたいし、面白い絵本があれば読んでやりたい。

今まで関わりを持たなかった分、ミハエルを構いたくてしょうがない。要は浮かれているのだ。

（弟ってこんなにも可愛いのかしら？）

前世では一人っ子だったので姉弟のいる感覚が分からない。

だけど、ウチの弟が世界で一番可愛いのではないかと、現金にもそう思う。

わたしのベッドを使ったことを知った時のミハエルも可愛かった。

眠りから覚めた彼は暫し呆けた後に、辺りを見渡してそこがわたしの部屋だと分かると、ぶわりと顔を赤く染め、恐縮し切った様子で謝罪していた。

わたくしが許可したのよと告げれば、彼はポカンと口を開けて驚いていた。

最近接することが多かったレオン、ウィリアム、アルベルト、腹に一物ある彼らと違って、思ったことが顔に出るミハエルの様子は見ていて心地良く、疲れていた心に響くものがある。

彼にとっては一歳しか変わらない姉に子供扱いされたことが不服なようで、ジトリとした視線を向けられてしまった。

けれど今のわたしにとってはその顔ですら愛らしく、ベッドに腰掛けると彼の手を両手で包み込み、機嫌を直すように懇願すればそのまま引き下がってくれた。

「ねぇ、ミハエル。わたくし達は姉弟で年も近いというのに、今まで話す機会もなかったでしょう。だから、これを機会にわたくしと仲良くしてくださる？」

「姉様と僕が、ですか？」

「ええ。わたくしは貴方がいい。だってせっかくの姉弟よ。このまま疎遠でいるなんて淋《さび》しいわ」

「…………僕も。姉様が良ければ、また伺いたいです」

ポツリと小さく呟かれた告白が嬉しくて、思わず抱きつく。

彼は照れた様子を見せたけれど決して振り解こうとはしなかった。

◇◆◇

（……ああ、また例の夢を見ているのね）

重くなった瞼《まぶた》を開ける。

これは夢の中のはずだから、眠っているはずなのに目を開けるだなんて不思議な表現だと我ながら思う。

猫足のバスタブでお湯に浸かっているのはわたしとレオン。寝室から続く浴室。その中に備え付けてある浴槽に、わたしは背後からレオンにピタリと抱きしめられる形で風呂に入っているところだった。

「起きたのかい？」

身体を動かしたことでレオンに声を掛けられる。

はい、と返事をしようとすると喉がひどく痛んでいるのか、掠れた声になる。

驚いて身じろぎすれば、今度は腰に鋭い痛みが走り、重たい倦怠感《けんたいかん》に激しい情事の後なのだと知る。

（だからレオンも裸なのね）

わたしの衣服を遠慮なく剥くくせに、彼は何故かどんな行為の時であろうと自分の衣服を脱ごうとしなかった。

意図的に隠されて続けている肌に今は密着している。そのことに、いけない秘密を覗き見ている感覚になって妙に心臓がドギマギする。

「寝起きだからか、随分と大人しいものだ」

耳元で囁《ささや》かれる声が擽《くすぐ》ったくて、身を捩《よじ》れば武人として逞《たくま》しく引き締まった彼の太腿に臀部《でんぶ》を押し付ける形となった。

「やっ……！」

隠されていない肌が触れ合うことが生々しくて、その卑猥さに身体が熱くなる。

幸いだったのは香油を垂らされたお湯は乳白色に濁っていて、さらにその上には泡が乗っていることだ。だから互いの身体は隠れている状態となっている。

レオンの足の間に乗せられていても、肩から下は見えていないはずだ。けれど、肌に直接伝わる彼の体温が艶《なまめ》かしくて、いやらしい。

「……まいったな。シルヴィア、頼むからそんなに可愛らしい反応をしないでおくれ。せっかくきみの身体を壊すまいと気遣っているのに、また情欲に駆られて喰《た》べてしまいたくなる」

わたしの反応に気付いて、これみよがしに一層身体を密着させておいて、なお責め立てる彼の狡猾さが憎らしい。

反論しようとすると耳を啄み、息を吹きかけられた。元々弱かった耳は彼の手によって更に鋭敏に作り変えられていて、その刺激に下腹部が期待するかのように疼《うず》く。

「……っ」

洩《も》れそうになる甘い声を必死に唇を噛み締めて堪《こら》える。抱きしめられている形でまだ良かったのかもしれない。そうでないと期待に潤んだ瞳を見られてしまう。

「ああ、そうだ。まだきみのナカを洗っていないのだったね」

こんな時、ゲームで培った耳年増な自分が憎くなる。これから行われる行為を察した私は、彼の発言に慌てる。

「じ、自分で洗えます！」

「駄目だよ。きみの身体を清めることは私の楽しみだ。いくらシルヴィアでもそれを取り上げないでおくれ。それに最奥に放ったわたしの子種。細いきみの指では決して届かないと思うけれど？」

あけすけな言い方に泣きたくなる。彼はそんなわたしの様子にも構わず、陰裂をなぞり、容赦なく蜜壺を掻き回していく。

「ふ、あっ」

レオンは事務的にナカのものを掻き出そうとしているだけだ。そこには一切の情欲が込められていない。けれど、潤んだ秘所は彼の長い指を歓迎するかのように締め付けてしまう。

「ぬるぬるとしているのは石鹸《せっけん》かな？」

レオンの言う通り、そのぬかるみは愛液ではなく、石鹸《せっけん》であってほしい。しかし意識すればする程に情欲が高まっていくのを感じる。

(なんでこんな身体になってしまったの)

すっかり淫《みだ》らに開発された身体が嫌になる。

背後のレオンにしなだれかかりながらも腰を揺らして、彼を誘惑しようとする浅ましさ。媚びるような甘い声が風呂場に響く。

ふと腰を動かすと彼の屹立《きつりつ》もすっかり固くなっていることに気が付いた。

(レオンも興奮している……?)

わたしだけが興奮しているわけではない事実にほんの少し安堵する。

彼に抱かれるのは未だに怖い。頭がおかしくなりそうな程に暴力的な快楽によがり狂うことに抵抗はある。しかし自分だけが、一人で勝手に感じる姿を曝《さら》け出すのはそれよりも嫌だと思った。

だからわたしはレオンを誘うように彼に腰を押し付け、そして抱いて欲しいと希《こいねが》った。直接的な誘いに背後から息を呑む音が聞こえた気がする。

それを確認するよりも早く、彼はわたしを抱えて立ち上がり、そのまま最奥を貫く。

「ああっ……!」

背後から突き上げられる激しい律動。彼はわたしの手をバスタブの縁に導き、それを掴むように誘導する。彼の望むがまま、身体を揺さぶられているというのに、最奥にあるざらついた場所を突かれるだけで、はしたなく嬌声《きょうせい》を上げて悦《よろこ》ぶ。

「叔父っ、さま……ぁ」

心を許していないくせに身体はすっかりと彼の手によって懐柔されており、彼を呼ぶ声もひどく甘ったるい。

「……本当にシルヴィアは可愛いね」

こめかみに触れるだけのキスを落としながらも、律動は止まることなく、なお激しさを増す。

「ひぁっ、んんっ」

上下にせわしなく揺れる不安定さ。それが怖くないのは、彼の逞《たくま》しい体躯でしっかりと背後から抱きしめられているからだろう。

貫かれるたびに、バスタブに溜めてあるお湯は大きな音を立てて淫靡《いんび》に揺れ動くことすらも、快楽へのスパイスとなり、更に愉悦を深めていくのだった。

ミハエルと話すようになってからひと月が経つ。

その間、わたしが倒れることもなかったので、最近ではまた妃教育が再開されるようになり、中々時間の融通が利かなくなった。

ミハエルと会える時間は限られていたけれど、その代わりに午後のお茶の時間だけは一緒に過ごすことにしている。

するといつの間にかそれが伝わったのか、時折レオンがお茶の時間に合わせて顔を出すようになったものだから驚いた。

レオンと会うのはやはり怖い。

かといって、彼との関わりを断つのは『シルヴィア』の行動としては不自然なことになるだろう。表向きとしてはにこやかに彼を歓迎するしかない。ましてレオンの来訪をミハエルは喜んでいるのだ。

レオンもシルヴィアが懇意にしているミハエルにはそれなりの愛想を持って接していた。

表向きは和やかな関係が築き上げられている。外堀が埋められたと思っていても、今更この関係性に水を差せようはずもない。

それに最近ではレオンが訪れなくとも彼によって有名なパティスリーの焼き菓子や季節のフルーツタルト等を殆ど毎日差し入れられるようになった。レオンが居る時は会話の間を保たせる為にもつい食べ過ぎてしまう。

そのせいで少し増えた体重を減らす為に、運動がてら庭を散歩していると、どこからか現れたレオンもまた並んで歩くのだった。

「――パーティー？」

レオンはともかく、ミハエルと過ごす時間は待ち遠しく、何を話そうかと考えるだけで楽しい。だからこの日もそうなるだろうと思っていたが、いかんせん話題が悪かった。

部屋に訪ねてきたミハエルとお茶を飲んでいると、避けていた話題になり、顔を顰《しか》めそうになる。

別にパーティーが嫌な訳ではない。何度も経験しているし、ある程度はそつなく切り抜けられる自信はあった。

ただしそれが『レオン』の誕生日を祝うものであるならば、今のわたしにとって話は変わってくる。

(なるべく関わりたくないのに……)

度々レオンとは遭遇してはいるが、それは不可抗力であり、自分から彼と接触する気はこれ以上ない。

仮病を使って休んでしまいたい気持ちもあるけれど、そんなことをすれば、またレオンが『見舞い』にやってきて、これ幸いと一日中わたしの部屋に居座る可能性がある。

それならば一対一で会うよりも、人混みに紛《まぎ》れた方がまだマシだ。

（だって、あんな淫《みだ》らな夢を見ている相手と二人きりで顔を合わせるのはなんだか気まずいもの）

例の夢についてはわたしが勝手に見ているものだから、これぱかりはレオンに一切の非はない。

だけど生々しくて淫《みだ》らな夢を度々見ているからこそ、素知らぬ顔をして彼に対面するのは何度経験してもその度に緊張して落ち着かない。

そもそもレオンは騎士団では総帥の立場であり、元来多忙である。

なのにここ最近。不自然なまでにレオンに遭遇しているのは、記憶を取り戻したわたしの変調を彼が訝しんで接近しているからなのかもしれない。

（記憶を失う前は確かに心の底からレオンに懐いていたものね）

レオンとの未来を知ったからこそ、すっかり臆してしまったのだ。態度を怪しまれても仕方がない。

パーティーに参加するだけして、早々に切り上げてしまえばいいとも考えたけれど、叔父のことが好きな『シルヴィア』の行動としては適切ではないだろう。

周囲に不信感を抱かれないように、ある程度はベッタリ彼に張り付いておかなければならないと考えると、パーティーに出席することが今から憂鬱だ。

一方でミハエルはわたしとは対照的にパーティーへの参加を喜んでいる様子だった。

（まぁパーティーにはウィリアムもミハエルも居るんだし、二人の内のどちらかと離れなければ良いか）

そんなことを呑気に考えていたわたしはパーティーの日、恐怖に打ちのめされることになった。

◇◆◇

レオンの誕生日の日がやってきた。

屋敷に向かう馬車にはウィリアムとミハエルが、わたしに対面する形で同乗した。

「兄様と姉様と一緒に会場に向かうことができて嬉しいです」

ウィリアムの隣に座るミハエルが屈託もなく笑うのを見ると、つい釣られてこちらの頬も緩む。

「まぁ、嬉しい。そういえばわたくし達が三人で馬車に乗るのは初めてね」

「三人で乗れると聞いて、ずっと楽しみにしていました」

自分で言っておいて照れたように目を逸らすミハエルの姿が可愛らしく、キュンと胸をときめかせる。

叶うことならば、今すぐ衝動のまま抱きついてしまいたいが、さすがに馬車の中でそんなはしたないことはできない。

チラリとウィリアムを見れば、何故だか笑みを濃くされる。その様子がなんだか意味深だったが故に心に引っ掛かった。

いつも通りウィリアムは穏やかにわたしを見ているだけだ。特段彼と何かあった訳でもないはずだ。だというのに何故、こんなに引っ掛かるのか。

説明できない違和感に胸がモヤモヤとする。

「……いつの間にか二人は随分仲良くなったようだね」

わたしとミハエルの会話を黙って聞いていたウィリアムがぽつりと呟く。

ウィリアムは普段、王城にある騎士宿舎で生活しているから、ここ最近わたしとミハエルが親密になったのを知らないようだ。

確かにウィリアムにしてみれば、以前は殆《ほとん》ど交流がなかったわたし達が自分の知らない内に親密な関係を築いているのだ。不思議に思って当然だろう。

同じくそう気付いたらしいミハエルが、わたしと仲良くなった経緯をウィリアムに一生懸命説明している。

(聞かれてまずいことなんてしていないのに……)

そのはずなのに、説明を受けるウィリアムの神妙に頷く様子が不安を煽り、落ち着かない気分になってしまう。

心を落ち着かせる為にミハエルに視線を移せば、彼は久しぶりにウィリアムと話せることが嬉しいのか顔を綻ばせていた。

(……ミハエルにとってウィリアムは尊敬する『兄』だものね)

比較され続けて苦しい思いもしているけれど、文武どちらにも結果を残しているウィリアムに密かに憧れているらしい。

けれど、屋敷にあまり居ないウィリアムと交流する機会は限られている。だからこそミハエルは今回兄弟揃って馬車に乗れたことを喜んでいるのだ。

その素直な気持ちはウィリアムにも伝わっているのだろう。

説明が終わっても、ウィリアムはミハエルとの会話を楽しんでいるように見えた。

◇◆◇

レオンの屋敷に到着すると、ウィリアムはミハエルを先に馬車から降ろし、当然のようにわたしの手を取ってエスコートしようとしていた。

この場において年長である彼が妹のシルヴィアをエスコートするのは当たり前のことだ。なのに緊張からギクリと身体が強張る。

(……いつも通りのウィリアムお兄様なのに、何を躊躇《ためら》う必要があるの？)

一気に縮まった距離に逃げ出したい気持ちをなんとか堪《こら》え、必死に平常心を保とうとする。

もしかしたら『エスコート』と理由を付けて、私の動揺を間近で観察しようとしているのではないだろうか。

(わたしは何を考えているの！)

だってウィリアムはわたしに何もしていない。だというのにそのように邪推してしまったことが後ろめたい。

しかしやはりゲームの内容を思い出したからこそ、直感的に抱いた不信感をどうにも拭えなかった。衝動からつい手を引っ込めたくなる。

けれどそんな行動を取れば、ウィリアムはもちろんミハエルだってわたしのことを不審に思うだろう。

（早く手を取らなきゃ……）

だってウィリアムはただエスコートの為に手を握っただけだ。

それを過剰に騒げば、非難はわたしに集中する。

「……姉様？」

「……シルヴィア？」

立とうとしないわたしを二人が呼び掛けた。

これ以上二人に不信感を抱かせるのは得策ではない。

気持ちを立て直したわたしは「なんでもないわ」とだけ告げて、そのまま立ち上がる。

（……大丈夫。これはただのエスコートなんだから。それ以上の意味なんてないんだから）

そう自分に言い聞かせる。

繋いだ手が震えそうになって、それを誤魔化すようにぎゅっと手を握り返せば、ウィリアムは驚いたのか一瞬だけ身体を硬直させた。

ウィリアムの意外な反応にわたしは目を丸くした。強張っていた身体の力が抜け、そのままウィリアムの方へ引き寄せられる。

いや、ウィリアムは間違いなくわたしを引き寄せていた。

そのまま耳元に息を吹き掛けられ、秘密ごとを打ち明けるかのようにして囁《ささや》かれた。

「シルヴィア。パーティーの合間に叔父上がよく利用する書物庫に行ってみてごらん」

その言葉がどのような意味を持つのかが分からなくて、戸惑った目で彼を見つめるが、ウィリアムはもう何事もなかったかのように平然としていた。

そのままわたしが馬車から降りる手助けをウィリアムがしようとした矢先。何かに驚いたように馬車の外を見たウィリアムの身体が固まった。

(どうしたのかしら？)

彼が何に驚いたのか確認したいのに、逞《たくま》しいウィリアムの体躯が壁となってわたしの視界を遮る。

しかし、見る必要はなかった。すぐに聞き覚えのある声がしたからだ。

「シルヴィア」

「叔父様……」

今日のパーティーの主役である彼自らが迎えにきた事実に目を丸くする。

平静を取り戻したらしいウィリアムと共に馬車から降りると、レオンは満面の笑みを浮かべていた。

彼は涼しげな顔でネイビーブルーのテールコートをさらりと着こなしていて、きっとご婦人方がレオンの美貌を目の当たりにすれば殆《ほとん》どの女性が虜になるだろうと思った。

「叔父上。本日はお招きいただきありがとうございます」

ぴしっと背筋を伸ばしてミハエルが挨拶すれば、レオンは人の良い笑みを浮かべて応える。

わたしにはどうにも彼の笑みが意図的に作られたもののような気がして、つい尻込みをしてしまいそうになる。しかし、それは『シルヴィア』らしくない行動だ。

シルヴィアは叔父であるレオンの溺愛を一身に受けていた。そして、記憶を取り戻す前までのシルヴィアは叔父が大好きであったはずなのだから、ここで引いてしまっては誰からも怪しまれるに違いない。

(……レオンと睦み合っていた夢のことなんか意識したら駄目。アレは結局夢なのだから。わたしは現実に起こっていないのだから)

あの淫夢を見てから何度かレオンと会っている。それでも緊張するのは勘の鋭いレオンにわたしの言動に違和感を抱かれないか心配してしまうから。彼に怪しまれては更に状況は詰んでしまう。だからこそあえてレオンの正面まで近付く。

「ミハエル、久しぶりだね。少し大きくなったのではないか。それにシルヴィアも。今日は体調が良さそうで安心したよ」

「叔父様、お気遣いいただきありがとうございます」

「あぁ……！　私とシルヴィアの仲じゃないか。そんなに畏《かしこ》まられては少し寂しいな」

どんな仲だ、と思うがそれを口にすると面倒なことになりそうで、曖昧《あいまい》な笑みを浮かべてとりあえず肯定しておくことにした。

「シルヴィアが到着したと聞いたものだから、つい嬉しくて待ち構えてしまった。今夜のきみも素敵だ。私が贈った真紅のドレスもとてもよく似合っている」

彼の賛辞に目を瞬かせる。

「このドレス、叔父様が用意されたものでしたの？」

「ああ、そうだよ。可能であれば今夜だけではなく、これから先もずっと、私が用意したものをきみに着て欲しいのだけれどね」

とろりと蜂蜜のように甘い視線を向けられてわたしはぎこちなくお礼を言っておく。レースをふんだんに使われた大人っぽいドレスは光沢があり、離れた場所から見ても上質なものだと分かるだろう。

（明らかに特注品よね？）

一体このドレスだけでいくら掛かったのか。レオン自らが用意したとなると紛《まぎ》れもなく高級品であり、有名な職人が手掛けたものに違いない。

「ありがとうございます。けれど、今日は叔父様の誕生日ですのよ？　わたくしにプレゼントを贈るよりも、わたくしのプレゼントを受け取ってくださらないと」

さりげなく話題を変えようとするが、彼はそのまま当たり前のようにわたしの手を引いて、エスコートしようとする。あまりに自然な動作にウィリアム達が口を挟む間もない。

「わたしの贈ったドレスを着てシルヴィアがパーティーに参加してくれることが、何よりのプレゼントだよ」

パチンと片目を瞑《つむ》ってウィンクをされる。ウィンクだなんて普通の人であれば軽薄な印象を与えるであろうに、それが妙に様になっていて、思わず見惚れそうになる。

それだけ彼に大人の色気があるということなのかもしれない。

レオンにエスコートされながら、豪奢な回廊を歩く。わたしは先程ウィリアムが言っていた『書物庫』に行くべきかどうか迷っていた。

屋敷にいくつかある書物庫の内、レオンがよく行く場所にはわたしも心当たりがあった。

それは地下の奥まったところにあり、人通りも殆《ほとん》どない。だからこそ、集中して本を読むのにうってつけなのだとレオンはいつかわたしに話していた。

（ウィリアムは一体なんの目的でわたしに書物庫の話をしたのかしら？）

どうして彼が直接わたしにあのようなことを伝えたのかよく分からない。

けれど、ウィリアムに思惑があったのだとして、ここまであからさまなものは決してウィリアムらしくないとも思う。

彼の性格ならばもっと周到にことを運ぶ。今回はあまりにストレートな言い回しだった。だからこそわたしは判断に迷っているのだ。

（だけど、もしもこれが本当に罠だとしたら……？）

パーティーで人通りが殆《ほとん》どないであろう場所に、のこのことウィリアムに誘われるがまま出向けば、恐らく何があっても助けはやってこない。

（そもそも、なんでわたしはこんなにウィリアムを疑っているのかしら？）

記憶を取り戻したお陰で彼との関係は良好だったはずで、特段揉め事もない。

それなのにどうして今、彼を危険視してしまうのか。まるで薄氷の上を歩いているみたいな気分だ。

そんな風に思い悩んでいる内にパーティーの会場に到着した。

とにかく、今は他の貴族達も居るのだ。他の貴族達と相対するのであれば、いつまでも腑抜けてはいられない。

自身にどれだけの悩みを抱えていようとも、それを無様に曝《さら》け出すだなんて、スカーレット公爵家長女には許されない。

◇◆◇

（さすがレオンの主催するパーティーね）

スカーレット公爵家当主の弟であり、騎士団の総帥である彼の生誕を祝う催しとなれば、やはり規模が違う。

列席者に至っても、大臣クラスもさることながら、ヴァイオレット公爵家当主や、他国にも名が知れ渡る大富豪の一族に、王家の人間までも出席していた。

ということはこの会場でアルベルト殿下と遭遇する確率はかなり高いという訳だ。

会場に入ってすぐに、レオンとウィリアムは自分の美貌に自信があるご令嬢達に囲まれてしまっていた。

（相変わらずおモテになっているのね……）

レオンとウィリアムのような優良物件を女性達は当然放っておくことはなく、こういう場では常に自分に気を持たせようと秋波を送っている。

輪から少し離れたところで、ミハエルと共に様子を窺《うかが》っているとレオンとウィリアムは誰か一人を特別贔屓する訳でもなく、そつなく上手く躱しているようだ。

反対に、ミハエルはウィリアムに群がる女性達の勢いに内心たじろいでいる様子。勿論、スカーレット家の人間として、顔に出すような真似はしていない。

だけど、隣に居るからこそ伝わる彼の身体の強張りと、息遣いからミハエルの緊張がありありと伝わる。

確かにまだ小さいミハエルからすると、女性達がギラギラとした目つきで自分の身内を囲っている姿には圧倒されても仕方ないと思うけれども……

(ウィリアムを囲む女性陣は家柄も見た目も良いけれど、その分自信を持っているからか性格がキツい子が多いもんなぁ)

表面上はにこやかに兄に話し掛けているものの、言葉の裏では壮絶な足の引っ張り合いを繰り広げているし、どれだけ表面を取り繕おうとも瞳の奥にある濁った自己顕示欲が禍々しく映ることを彼女達は知らないのだろうか。

(その内ミハエルも囲まれるようになるんだけどね)

確かにウィリアムは見目も麗しく、文武両道を地で行く、スカーレット公爵家の『長男』だ。

一方でミハエルの方もスカーレット公爵家の正式な『跡継ぎ』であり、華やかな美貌を持つ彼を狙う女の子は近い将来、数多く現れるだろう。

ゲーム本編では濡れたような艶《あで》やかな色香を纏《まと》ったミハエルが女性達を次々と堕落させていくイベントがあったけれど、今のミハエルを見る限りそのような姿とは結び付かない。

わたしと目が合うとふわりと花開くようにして微笑む彼の姿は眩しく十八禁版のミハエルの姿とは真逆の存在に思えた。

「……ミハエル。とりあえずわたくし達はお父様とお母様を探しに行きましょうか？」

「はい！」

ミハエルはようやくここから抜け出せると、意気揚々と両親を探しはじめる。ぐるりと周囲を見渡せば、一角だけ人払いをしてあるような場所に父が居た。

声を掛けようとしたところで、父の立ち話の相手がレオンであることに気が付いた。

（……さっきまで女性陣に囲まれていたのに！）

振り返ると、女性陣の輪の中にはウィリアムしかいない。

多少動揺したものの、ミハエルと共に表面上は軽やかに彼らの元に向かう。

レオンの隣に立つ父に視線を向けると、父はむっつりと黙り込んだ様子でわたしを見ていた。その視線はどこか刺々しく、苛立ちを孕んでいるように見える。

（一体どうしたのかしら？）

父は身内の前では無表情であることが多いが、社交術を叩き込まれた『スカーレット公爵家現当主』である父が人目のあるところでこのように負の感情を表す姿は珍しい。

そしてもう一つ謎なのは先程よりもレオンの機嫌が良いことだ。それも必要以上に。

「叔父様、随分とご機嫌ですのね」

「そうだね。シルヴィアのお父上から素敵なプレゼントをもらったからかもしれないね」

「素敵なプレゼント、ですか？」

「あぁ。例年もらってはいるのだけれど、今年は特に出来が良くてね……もしシルヴィアも興味があるようなら、一緒に見に行かないか？」

「レオン……！」

突然父がレオンを非難するように睨みつける。ぎらついた父の瞳に浮かぶのは静かな怒りの焔《ほのお》。

「おやおや、兄上。そんなに大きな声を出されては子供達が驚きますよ」

「……お前」

明らかに動揺を示す父の姿に、その引き金となった『プレゼント』の中身が気になってしまう。

だけどそれは『シルヴィア』にとって紛《まぎ》れもなくパンドラの箱だった。

この時のわたしはそれを知らないからこそ、呑気でいられたのだ。

第七章　プレゼントの中身

レオンと話し合いをするから母のところに行きなさい、と父に温度のない声で命じられ、その場を後にすることになった。

わたしとミハエルは言われるがまま、今度は母の所に向かおうとする。会場は広く、やみくもに探すとしたら骨が折れそうだ。

さてどうしようか、と悩んでいると父の付き添い人である男がいつの間にか隣に立っていて、案内を申し出てくれた。当然それを断る理由はなく、わたし達は大人しく彼の後を付いていく。

(ミハエルはさっきのお父様の様子をどう思ったのかしら？)

チラリとミハエルの様子を窺《うかが》おうとしたが、残念なことに俯《うつむ》いているせいで、どんな表情を浮かべているか分からない。

声を掛けていいものか思い悩んでいる間に、ミハエルが先に口火を切る。

「……姉様は父上が叔父上に送ったとされるプレゼントの中身をご存知ですか？」

ポツリと尋ねられた疑問。その質問は抑揚がなく、やけに冷たく聞こえた。

「残念ながら知らないわ。ミハエルは知っているのかしら？」

「僕も具体的なことは知りません。ただ、父上は毎年同じものを贈るのだと聞いています」

「同じものを？」

「はい。それが二人の『取り決め』だと以前叔父上が仰っていましたが、中身までは教えてくれませんでした」

毎年同じもので、レオンが喜ぶもの。

駄目だ。ますます分からない。

だってレオンであれば大抵のものは自分で用意できるだろう。それをわざわざ毎年自分の誕生日に父に用意させるのは一体何が目的なのか。いくら考えても答えが出てこない。

気になるが、父の動揺した様子を思い返すと中身を知ることが怖いとも思う。

「わたくしは無理にお父様が贈ったプレゼントの中身を知る必要はないと思うわ」

「……どうしてそう思うのです？」

「だって本当に知る必要があるならば、お父様が止めたりはしなかったと思うもの」

「そうですね」

顔を上げたミハエルは花が開くようにふわりと笑ってみせた。

この時点でわたしは二つも真実を見誤っていた。

一つはミハエルの笑みを作り物だと見抜けなかったこと。

そしてもう一つは、本当はミハエルがプレゼントの中身をすでに知っていたことだ。

案内をしてもらったお陰で母のことはすぐに見つけられたが、母は王妃様と話し込んでいるようだった。

（これはさすがに割って入れないわよね）

王妃を前に無礼な真似ができるわけもなく、声を掛けられるのを待つか、それともこの場を後にするか、迷いながら視線を余所に向けると、少し離れたところにアルベルトが居ることに気が付いた。

（あ、やば……！）

わたしが気付いたのと同時に彼もわたしの存在を認識したようで、バチリと目が合うと、アルベルトはそのままこちらに向かってきた。

「やぁ、シルヴィア。久しぶりだね」

なんだろう。久しぶりだね、というところに凄まじい圧を感じる。あからさまに笑みを張り付けた表情とは裏腹にその瞳はちっとも笑ってはいない。それどころかこちらを見やる視線は氷のように冷ややかだ。

（……逃げたい）

妙な迫力でこちらに対峙するアルベルトの背後に般若の仮面が垣間見えたのはわたしの気のせいだろうか。

剣呑な目つきをしているアルベルトにたじろいでいると、傍らのミハエルが心配そうにわたしを見上げていた。

覚悟を決めてアルベルトに向き合えば、彼はおどろおどろしい雰囲気でミハエルを見つめている。

それを悟ったわたしはアルベルトの意識を少しでも自分に向けようと慌てて口を開いた。

「アルベルト殿下！　お久しゅうございますね。お会いできたことを嬉しく思います」

「……あぁ。本当に久しぶりだ。ところで、婚約者である僕を差し置いて、きみと仲良さそうに話している彼のことを紹介してくれるかい？」

「紹介が遅れまして申し訳ございません。彼はミハエル・スカーレット。わたくしの一つ年下の弟ですわ」

「………弟？」

きょとんと目を丸くするアルベルト。その様子からは先程までの威圧感はもう感じられない。穴が開きそうなくらいにわたし達を交互に見つめるアルベルトに頷き返せば、何事か勘違いしていたらしいアルベルトは恥ずかしそうに顔を赤らめた。

（まぁわたしとミハエルは似ていないものね）

共通点があるとすれば赤毛なことくらいで、顔の造形自体は対照的である。

例えばシルヴィアが悪役令嬢に相応しく、全体的にキツい印象が残る大輪の薔薇のような美貌だとしたら、ミハエルは人を籠絡《ろうらく》させる甘い魔性を備える美貌であった。

だからよく似ていないと言われたし、お互いにもそう思っていた。しかしここにきて、まさかアルベルトにこんな風に勘違いをされるとは思わなかった。

そして不覚にも、気まずそうに羞恥に震える彼の姿が可愛いと思ってしまう。

「可愛い」

心の中で呟いた言葉は知らず知らずの内にわたしは口に出していたようで、アルベルトは信じられないとばかりに口を開閉させ、ミハエルはわたしの様子を窺《うかが》うようにじっとこちらを見上げている。

三者三様に固まったわたし達に周囲が注目しはじめる。視線が痛い。

いち早く立ち直ったのはアルベルトだった。自分の失態を周囲に見られることはプライドに反するらしい。いつも通りの微笑を浮かべ、わたしの手を取ると、軽く口付けた。

（あぁ、こういうところが王子たる所以ね）

気障ったらしくも嫌味のない動作。何よりすぐさま感情を切り替えられる冷徹さ。

自分の感情を置き去りにして微笑めば、誰だって頬が引き攣《つ》れるだろうに、それを周囲に気付かせることもなく平然と大人達ですら騙し通せる彼はある意味役者だ。

「すまない。僕はどうやら君に関しては余裕がなくなるらしい」

「……いいえ。こちらこそ挨拶が遅れまして申し訳ございません。アルベルト殿下さえよろしければ、わたくしの弟の口から直接挨拶をさせていただいてもよろしいでしょうか」

「あぁ。勿論構わないよ」

緊張の面持ちで挨拶をするミハエル。アルベルトはそれに鷹揚《おうよう》に応えると、そのまま雑談に移った。

意外なことに彼らは馬が合うようで、二人で話に花を咲かせ出した。わたしはそれを邪魔しないようにそっとその場を後にすることにした。

◇　◆　◇

会場を後にした私が廊下へ続く扉を抜けると、前方で自分と同じくらいの年の男の子がふらふらと力なく歩いているのが見え、思わず声を掛けた。

「どうかなさいましたか？」

良家の子息らしい衣装を身に纏《まと》った彼に、人に酔ったのだろうかと白いハンカチを差し伸べようとすれば、手だけで制された。

そのまま手近の長椅子に座り込み、のろのろと顔を上げた彼と目が合って、わたしは思わず悲鳴を上げそうになった。

彼が『最愛の果てに』の、まだ出会っていなかった最後の攻略キャラであることに気付いたからだ。

サイラス・ヴァイオレット。

彼はスカーレット公爵家と並び立つヴァイオレット公爵家の嫡男である。

ゲームで描かれていたサイラスは徹底した完璧主義者で、冷徹でプライドの高い人間だった。

彼が『完璧主義者』になる原因は、彼の母親のスパルタ教育にある。

幼い頃から娯楽は一切与えられず、家庭教師が出した問題を少しでも間違えればご飯は抜かれ、弱音を漏らせばヒステリックな実母によって折檻される恐怖。

気が遠くなりそうな程の緊張の連続。プレッシャーに押し潰されそうな毎日。

けれどもその母はサイラスが十歳になる頃に病気であっけなく命を落とし、ようやく彼は『自由』を得ることになる。

だがしかし、それではもう遅かったのだ。

母の教育により、サイラスは人は努力さえすればなんでもできるようになるのだと思い込み、『怠惰な』人間を嫌悪するようになってしまった。

サイラスは学園に通うようになってからも、完璧主義な性格と相手にもそれを求めてしまうせいで、婚約者どころか恋人という存在すらできたことがない。

そんなある日、平民から貴族に成り上がったヒロインがサイラスが通う別館の図書室で、勉強を励んでいることに気が付く。最初はそのことをなんとも思ってもいなかったのに、慣れない勉強に悪戦苦闘する彼女の横顔にサイラスの心は次第に惹かれていく。

全年齢版のサイラスルートは、初めての恋情に戸惑う彼の姿が丁寧に描かれていることから、じれったくも微笑ましい王道の恋愛ストーリーとなっていた。

しかし十八禁版では、自分の恋心に気付いたサイラスは衝動のまま問答無用でヒロインを犯してしまう。

その上、サイラスは公爵家の権力を使って、強引にヒロインを婚約者に仕立て上げる。

結果としてヒロインはサイラスのことを心の底から嫌うようになるが、他の令嬢と違い、自分を冷めた目で見つめるアンジュにサイラスは一層のめり込む。

信仰に似た想いはどんどん膨れ上がり、次第にサイラスはアンジュのモノを採取するようになった。その中でも彼女の爪や髪はサイラスの宝物であり、快楽に溺れた時の涙を小瓶に詰めて、ヒロインに会えない夜はそれを使用する。

その描写の強烈さから、乙女ゲームなのにヤバい奴がいると認知されて『最愛の果てに』をプレイしていない人達の間でもサイラスは話題となり、『ネタ』としてある意味人気のキャラクターになっていた。

（……なんでこんな所に、そのサイラスが居るのよ）

前を歩く少年がサイラスだと思わなかった。ふらふらと廊下を歩いていたものだから、つい大丈夫かと声を掛けてしまった。全く、己の迂闊《うかつ》さに頭を抱えたくなる。

（本当にわたしの馬鹿……）

王族すらも出席するレオン・スカーレットのパーティーだ。当然、政治の場としても重要になる。いくら両家の仲は良くないとはいえ、対外的にヴァイオレット家を無視することはできない。今までサイラスとパーティーで会うことがなかったのは純粋に彼が社交を苦手としているからだ。

（だとしたら好都合だわ）

もしかすると彼はわたしの顔を知らないことだってありえるのだ。

更に幸運なことに、また俯《うつむ》いてしまったサイラスはわたしの声かけにも応えていない。

母の教育に疲弊しきっている彼は、きっと誰かの相手をするのも面倒なのだろう。

このまま何事もなかったことにして立ち去れば、わたしの存在は彼に認識されないままのはずだ。

（とりあえず近くに居る大人に具合が悪そうな子が居ることを伝えれば良いよね？）

声を掛けても答えなかった。ならばこれ以上お節介を焼く義理もないし、このまま立ち去ってしまおう。

薄情な自覚はあるが、これ以上ゲームの攻略キャラと不用意に関わる程、命知らずではない。

さっさとこの場から離れようとしたわたしは、その途端、このところ繰り返している急な目眩《めまい》に襲われ、よろめいて座り込んでしまう。

（なんでこのタイミングで……！）

立ち上がろうにも力が抜けて、生まれたての子鹿のように足がガクガクと震え出しそうになる。

（やばい、やばい、やばい。この状況はヤバい）

ミハエルとアルベルトが会場を盛り上げたことで廊下には人気がなく、わたしとサイラスだけが抜け出している状態だ。

ちらりと視線を横にずらせば、先ほどまでと打って変わって急に傍に座り込んだわたしを窺《うかが》うサイラスの目と見事にかち合うと、心臓がドクリと嫌な動悸を立てる。

（とにかくなんでもないフリをしてここから離れなきゃ……）

わたしがこんなにも焦っている理由。それは他の攻略対象者同様、彼の歪んだ性癖が原因であった。

可哀想な姿が可愛い。

十八禁版サイラスの行動原理の根底にはその思いがある。だから、普段どれだけヒロインを聖女のように扱っていても、ゲームの中のサイラスは闇の度にアンジュをひどく甚振《いたぶ》ることに執着していた。わざとアンジュの嫌がる行為ばかりを強要し、その上で快楽に堕ちるさまを楽しんでいたのだ。

いくらわたしがヒロインではないとはいえ、そのような性癖を持つ彼の前でむざむざ弱った姿を見せたくはない。

(早く立たなきゃ……)

幸いにも彼はわたしに視線を寄越しただけで、声を掛けることはなかった。

まぁわたしがアンジュのように可憐なヒロインではないからかもしれないが、今となってはそれが有り難い。

(わたしはスカーレット公爵家長女。シルヴィアよ。こんな誰が見ているか分からない場所で、無様に座り込む姿なんて見せられる訳ないじゃない)

顔色の悪さを誤魔化す為に密かに唇を強く噛んで紅く充血させる。しゃんと背筋を伸ばし、己の矜持と共にどうにか立ち上がった。

幸いにもまだ子供のわたしはハイヒールを履いておらず、平坦な靴なので気を付けてさえいればバランスは取りやすい。

幸いなことにここはレオンの屋敷だ。

何度も訪れているこの屋敷の構造は頭に入っているし、隠し扉の存在も知っている。少しの間取り繕えば、人気のない場所で休息をとることもできるだろう。

やみくもに歩かなくて済む分、見栄を張る方に余力も回せる。

この時のわたしは前に進むことしか考えていなかったせいで、そのままサイラスの方を振り返らなかった。

だから、サイラスに差し出していた白いハンカチを落としたことに気が付かなかったのだ。


人気のない場所を探してわたしは屋敷の奥に突き進む。

既に通常の招待客では入れない廊下を歩いているが、レオンに仕える使用人達は彼が溺愛するわたしの動向に口出しすることはなかった。

地下の階段を降り、周囲に人が居ないことを確認して、ようやく息を吐く。

へたり込んで額に浮かぶ脂汗を拭おうとハンカチを探すが見当たらない。

(どこかに落としたのかしら?)

平静を保ったつもりだったけれども、ハンカチを落としても気付かないくらい、余裕がなかったのだろうか。

仕方なく手で拭おうとするが、額に触れた指先はやけに冷たく震えている。

(だらしないわね)

なんとか人にこの醜態を見られないように切り抜けられたから良いものの、こんな無様な姿誰にも見せたくない。

隠れるようにして、廊下の奥へ奥へと無理矢理足を動かす。

そしてなんとか一番奥の部屋に入った時にようやく、その場所がレオンがよく使う例の『書物庫』であることに気付いた。

（よりにもよってここに来ちゃうなんて……）

自分の引きの悪さにほとほと嫌気が差す。

迷っていたとはいえ、結果的にウィリアムの言う通りになるとは……。

引き返そうかと思ったけれども、具合の悪い今、下手に動いてそのまま倒れてしまうことは避けたかった。

（本当になんで、急に体調が悪くなっちゃうの？）

せめて予兆のようなものがあれば良いのだが、この発作的な症状はなんの前触れもなくやってきてはわたしを苦しめる。

今日だって、朝は健康そのものだった。いつも診てもらっている主治医からも太鼓判を押され、パーティーに参加した。ダンスだってまだ一曲も踊っていない。

（さすがにアルベルトと踊らなかったのは帰ってからお父様に叱責《しっせき》されるわよね）

いくら個人的には気の進まない婚約とはいえ、わたしとアルベルトの関係は生まれた時から周囲に知られている。

アルベルトは将来国を継ぐ身分であるのに、スカーレット公爵家に睨まれているせいで、他の家の令嬢とは引き合わされていない。

婚約者である彼とわたしが踊れば、貴族達にアルベルトとの婚約が上手くいっていることを印象付けられたはずだ。

そんな風に考え事をしていると、ふいに廊下から足音が聞こえ、身を竦めた。

（誰……？）

足音は一人分だった。此方に近づいてくる革靴の音は規則正しく、まるでわざと、わたしに聞かせようとしているようにも聞こえる。

書物庫は奥まった場所にある。客人が迷って入ることはまず間違いなくないだろう。

そうしている内に足音がどんどん大きくなっていく。

誰であろうと、具合の悪い今、上手く対峙できるとは思えない。どうにかやり過ごそうと部屋の更に奥にある隠し扉に駆け込む。

これまで入ったことは無いが、この隠し部屋の存在は限られた人しか知らないのだと、以前レオンが教えてくれた。

足音の主は書物庫に入り、扉を閉めたようだった。

わたしはさらに身を隠そうと、部屋に置かれた皮張りのソファーに目を移す。そこでようやく、誰かがソファーに座っていることに気が付く。

けれど、その人はわたしが入ってきたというのに、こちらを振り向きもしない。不審に思って正面に回り込んだわたしは、声にならない声に喉を引き攣《つ》らせた。

明るい月明かりの下でわたしはそれを見た。

（どうして……）

自分の眼に映ったものが信じられなくて唇を戦慄《わなな》かせる。

——だってそれは、間違いなく『シルヴィア』を生き写しにした等身大の人形だったから。

スカーレット家特有の紅い髪色も、キツく釣り上がったアーモンドの瞳も、林檎のように紅い唇も、小指だけ少し短い指先も、桜貝の爪の色すら全て忠実に再現されている。そして何よりも恐ろしいと思ったのはその人形が、今日、わたしが初めて着たドレスを身に纏《まと》っていることだ。

(なんで同じものを?)

身の毛がよだつほどの執念が込められた人形のその姿に、束の間、鏡を見ているかのような錯覚に陥る。

(一体、誰がこんなモノを作らせたの?)

我ながらなんて間抜けな問い掛けだろう。

書物庫自体、レオンの屋敷でも奥まった場所にあり、更にこの隠し部屋の存在を知っている者は限られている。

そんな場所にこんなモノを置く人物なんて一人しかいない。

(何も見なかったことにして、ここから離れなきゃ)

足音の主が書物庫から立ち去ったら、わたしもすぐにこの部屋から抜け出そう。

もしもその人物に待ち伏せされていたとしても、わたしがこれを見たことをレオンに知られるよりずっと良い。

そう思いながら人形の様子を眺めていると、違和感に気付く。

人形が鎮座している向かいの席に一つだけティーカップがポツリと置いてある。中に入っている紅茶はまだ湯気が立っており、つい先程まで人が居たのだと主張しているように見えた。

ふと脳裏に過ったのは、やけに上機嫌だったレオンの姿。

反対にわたしの父は渋面を浮かべていて、レオンがわたしにプレゼントを見に行かないかと誘った時に父が強く止めていたことまで思い出すと、ぶわりと背中に汗が噴き出た。

(もしかしてお父様はこの人形の存在を知っていたの？)

だからあの時、わたしとミハエルをレオンの元から遠ざけたのだろうか。

気になるのは、この人形は一体誰が用意したのか、ということだ。

(さすがにお父様じゃないわよね？)

かぶりを振って否定する。しかしそれは肉親を疑いたくないという自分の願望ゆえの行動。

本当は分かっている。脳裏に浮かぶのは先程見せた父が動揺した姿。

あの時、父は自分が贈ったプレゼントをわたしに見られるのを嫌がった。その理由は父がこの人形を用意したからなのではないか？

(でも、なんのために……)

早鐘のように波打つ鼓動が苦しくてジワリと涙すら流れる。そのままへたり込んでしまえば、すぐ後ろでカツリと、革靴の音が止まった。

「おや。私が招待する前にシルヴィアに見られてしまうとは、なんだか気恥ずかしいな」

「あ……」

会いたくない人物の声が聞こえて、掠れた声が出る。

人は本当に恐怖に駆られた場合、頭はどこか冷静で、身体だけがついていけないのかもしれない。

後ろを振り向く勇気はなかった。

緊張からか喉がやたら渇き、わたしの浅い呼吸の音だけが静かな室内に響く。

(なんでこのタイミングで……!)

逃げようにも足に力が入らない。否、仮に身体が通常通りに動けたとしても、騎士団を束ねるレオンと温室でぬくぬくと育ったわたしでは身体的能力が違い過ぎて話にならないだろう。

「シルヴィア。俯《うつむ》いていないで、その可愛い顔を私に見せておくれ」

レオンはふわりとわたしを横抱きにすると、そのまま人形の隣に並べ、額に口付けを落とした。

恐怖で縮こまった体は上手く動かすことができない。自分の弱さを誤魔化すように、憎まれ口を叩いた。

「……今は叔父様の顔を見たくありませんわ」

「随分とつれないことを言うね。私はシルヴィアに何かしてしまったかい?」

「分からない、とでも仰りたいの?」

「私はシルヴィアのことを愛しているけれど、本人ではないからね。何故きみが怒っているのかきちんと知りたいんだ」

そう言って、レオンは向かいのソファーに座った。

用意してあった紅茶を優雅に飲みながら、熱い眼差しでこちらを見やる。その視線はどこか獰猛さを秘めていて、再び俯《うつむ》けばそのままガブリと噛みつかれそうなほどに危うい煌《きら》めきが宿っている。

「――では、お聞きしたいのですが、この悪趣味な人形はなんですか？」

「ああ、それかい？　随分と良い出来だろう？　毎年きみの父君に作ってもらっていたんだが、今年は私も細かく指示を出すことにしてね。そのお陰で……ほら。座高の高さまで一緒になっているね」

うっとりと微笑むレオンとは対照的に、わたしは青褪めた。

(本当にお父さまがコレを用意したの)

父を疑っていたとはいえ、実際に父がこの人形に関与していたことを聞くと、改めて衝撃が走る。

「どうしてお父様がこのようなモノを叔父様に？」

「私がそれを望んだからだよ」

「……は？」

「きみの父君はね、私に『負い目』があるから、多少の我儘《わがまま》は叶えてくれるのさ」

「それは、一体……」

「言ってしまってもいいのかい？」

挑戦的に彼は口端を歪める。

もしもこのままわたしが頷けば、彼は真実を話すだろう。しかし、それを受け止める度胸があるのか彼は尋ねているのだ。

面白そうに眼を細めて、こちらの出方を見やるレオンの眼差しにたじろぐ。

受け止める勇気もないのに馬鹿なことを聞いてしまったと悔やみながら、ゆっくりとかぶりを振る。

「……いいえ。出過ぎた真似を致しましたわ」

「あぁ、そんなに怯えないでおくれ。私はただ純粋に質問をしただけで、シルヴィアを怯えさせたい訳ではない。もしも『本当に』知りたいことがあるのならば、いくらでも私が教えてあげるよ」

底知れぬ笑みで甘言を乗せる彼の言葉は抗い難い誘惑に聞こえ、だからこそ恐ろしくも感じた。

ただでさえ具合が悪いというのに、勝てる見込みもない心理戦を強いられて、心身共に疲弊する一方だ。

(早く切り上げなきゃ……)

けれど、いくらわたしが逃げたくとも、レオンが納得しない限りそれは許されないだろう。

ならいっそ、直接的な質問をして、この不毛な心理戦をさっさと終わらせてしまいたい。

「では本当に聞きたいことを聞きましょう。叔父様はなんの為にこの人形を作らせたのですか？」

「シルヴィアに毎日会えないことが寂しくて、兄上に誕生日プレゼントとして強請《ねだ》ったのだよ。以前はきみの背格好に似た人物も用意してみたけれど、やはり動いたり話したりすると差異が目立つ。だから私には喋ることのできない人形が丁度良いらしい」

え、待って。

今さらりと物凄いことを暴露しなかった？

衝撃の事実に驚いて、眼を見開いてレオンを見上げる。彼は何かに気付いた様子でわたしの元までやってきて、互いの額をコツリと合わせた。

「叔父様、何を……？」

「……また熱があるようだね。それに顔色も悪い。今のきみは熱があるというのに、そこに居る人形よりも白い顔をしている」

息が吹き掛かる程の近い距離で、わたしを心配するレオン。わたしを抱き寄せる腕の力は強く、堅牢な檻に囚われたかのようだった。

（あぁ、どうしよう。逃げようと思っていたのに、どんどん距離が近くなっている）

というか、わたしの顔色が悪くなった原因の半分はレオンにあるのではないだろうか。

降り注ぐ熱い視線が恐ろしい。逸らそうにも顎を固定されてしまって、すぐに逃げ場を失った。

「叔父様、離して下さい」

「どうして？」

「わたくしはもう、婚約者の居る立派なレディです。いくら相手が叔父様とはいえ、未婚の殿方とこんなにも肌を密着させるのは、些か不謹慎ではございませんこと？　妙な噂が立ちます」

「いいや。私はそうは思わないね。それに、くだらない噂を立てて可愛い姪との仲を邪魔するような無粋な人間は、消えて然るべきだ」

彼の発言にギョッとする。

当たり前のように口にしたその発言は冷酷で容赦がない。人の命すら簡単に左右できる程の権力を持っている証明でもある。

「叔父様……」

「少し話し過ぎたようだ。随分と顔色が悪いことだし、今夜は私の屋敷に泊まっていきなさい」

「いえ。叔父様に面倒を掛けることになるのは申し訳ありませんもの。わたくしはこのまま帰らせていただきますわ」

「私はシルヴィアに対して、面倒だと思ったことは一度もないよ」

彼の眼差しは確かに慈愛に満ちている。なのに、レオン相手だとどうしても警戒してしまう。

どんなに彼が優しく取り繕っても、彼の『シルヴィア』に対する異常性をわたしはゲームを通して知っている。それにたった今、シルヴィアの等身大の人形を毎年、父に用意させていることも知ってしまった。もちろん、これはゲーム内にも描かれていなかったことだ。

自分に対して大きく歪んだ愛情を持つ相手の屋敷に、たとえ具合が悪いからといって泊まれる程の豪胆さはわたしにはない。かといって、上手く切り上げる術も持っていない。

(どうしよう。どうしよう!)

こうしている今も彼はわたしを抱き抱えたまま隠し扉のノブに手を掛けて、部屋から抜け出そうとしている。

恐らくこのままでは本当にレオンの屋敷に泊まる羽目になるだろう。

焦って、どう声を掛けるか悩んでいる内に、レオンはあっさりと書庫へ戻る扉を開けてしまった。

けれど、その場所には既に先客が居たことに驚く。

「お父さま……?」

わたしは信じられない気持ちで『先客』を見つめた。

長い足を組んで書庫に置かれた椅子に座っていた父は、わたしを見るとすぐに立ち上がり、「帰るぞ」と短く吐き捨てた。

そのままわたしの手を引っ張って退出しようとする。

普段わたしに関心のない父が、どうしてわざわざこの部屋にまで乗り込んできたのか。

そう思ったものの、今はレオンから離れることが先決だ。わたしは大人しく父に従うことにした。

「おやおや、兄上。せっかくいらしたのですから、もう少しゆっくりしていかれてはいかがです？」

「シルヴィアの顔色も悪いのに、わざわざ『ここで』寛ぐつもりはない。このまま屋敷まで帰らせてもらう」

「おや、まさか兄上の口からシルヴィアの体調を気遣う言葉が出るだなんて。珍しいものを見せてもらった御礼に、今は、ここで引いておきましょう」

父に腕を引っ張られて部屋を立ち去る。前を向く父の顔は見えないし、振り返ってレオンの顔を見る勇気もない。

しかし扉が閉じる寸前、確かにレオンは「どうせもうすぐ手に入る」と呟いていた。

第八章　見て見ぬ振りをした事実

パーティーから数日後、わたしに客人が訪ねてきたとメイドに告げられる。

（一体、誰だろ？）

公爵家令嬢のわたしにはそれなりの地位があるし、勉学で忙しい日々を送っている。

だというのに、突然現れた飛び入りの訪問客を押し返すことなく、迎え入れたのはそれ程までの相手なのだろうか。小首を傾げたものの、相手を待たせ過ぎるのは失礼だろう。

だから、大人しく相手が待っている応接室に向かうことにした。

（……なんでサイラスが屋敷に来ているのよ！）

叶うことならば、見なかったフリをして引き返したい。けれど、ソファに座っている彼と視線が合ってしまったことで対峙する覚悟を決める。

「突然押し掛けてすまない」

わたしに気が付いたサイラスが、毅然とした態度で口火を切った。

「いえ。確かに突然の訪問で驚きましたが、わたくしに何かご用事でもあるのでしょうか？」

「ああ……。パーティーの時にハンカチを貸してくれようとしただろう。あの時それを落としていたから、今日はそれを届けに……」

「まぁ、わざわざ。ありがとうございます」

差し出されたハンカチはわたしの名前の刺繍が施されていて、確かに自分の物に間違いない。

しかしヴァイオレット公爵家嫡男であるサイラスがハンカチを渡す為だけに、面識のないスカーレット家に訪ねてきたのかと思うと些か不自然だ。

(だってハンカチくらい使用人を通じて返せば良いじゃない)

本来ならそれで済む程度の用事だ。

ぎこちなくわたしを見つめるサイラスの視線が意味することはなんだろう?

じっと見つめ返せば、彼の目の奥には確かに怯えがあって、わたしは彼がそんな感情を抱いているのか不思議でならない。

少しの沈黙の後、彼は覚悟を決めたようにゴクリと唾を飲み込んだ。

「少し、話をする時間はあるだろうか?」

決死の表情を浮かべている彼の誘いを断るのはなんだか忍びない。だから頷いて、彼の張り詰めた緊張を解きほぐそうと庭でも歩くことを提案する。

彼はわたしの提案に頷いて、ゆっくりと隣を歩き出す。しかし何かに怯えるように表情が硬いままだ。無難な社交話を振っても、返答は歯切れが悪い。結局二人とも無言のまま、庭の奥まった場所に出るとサイラスは辺りに人が居ないか確認しはじめた。

――人が居るとできない内緒話。それを彼は、今からしようとしている。

「……パーティーの時、僕はきみがハンカチを落としていったことに気が付いて、そのまま追いかけていったんだ」

「まぁ！　そうでしたの」

具合が悪くなっていたとはいえ自分を追いかける足音に気付かなかったことが恥ずかしい。それを誤魔化そうとわたしは大袈裟に驚いて見せた。

「ああ。僕は人と話すことは得意ではない。だからどう話し掛けようか迷っている内に、きみの身内があの部屋に入っていっただろう。だからきみが部屋を出て一人になったところでハンカチを渡そうと思っていた。それできみが出てくるのを待っていたのだけれど、アレを、あの人形を見たのは……偶然、だったんだ」

言い淀む彼の様子に、ギクリと身体が強張る。

わたし自身もトラウマになっている『人形』の存在を思い出すと、指先が震えた。

「……きみが部屋から出てきたところで、僕は偶然あの人形を目にした。アレはきみの意志で作らせたものなのか？」

率直な心配を口にするサイラスの優しさに相談すべきか心が揺れる。

しかし、わたしが自分の思いを吐露するよりも早く、乱入者が後ろからやってきた。

「シルヴィア。この時間は語学の授業ではなかったかな？」

「お、叔父様っ。どうしてここに……」

タイミングを見計らっていたかのような登場に、動揺から心臓が早鐘を打つ。それはわたしだけではなく、目の前のサイラスは化け物を見たかのように顔を白くさせている。

気安い様子でわたしの肩に手を置いたレオンは、のんびりとした口調で話し出す。

「最近話題の焼き菓子が手に入ったから、シルヴィアに差し入れようとやってきたんだよ。けれど、邪魔だったかい？」

「い、いえ。そのようなことは……」

否定するわたしの肩越しにレオンがサイラスを流し見る。その視線だけでサイラスは可哀想なくらいに震えている。

「……そういえば、なんの話をしていたのかな？」

笑みを消して、その上でわざとらしくサイラスに尋ねる彼の表情に、会話を聞かれていたことを確信する。

話し掛けられたサイラスはどう取り繕うか必死に考えている様子だった。

「実は叔父様の誕生日祝いのパーティーの日に、わたくしのお気に入りだったハンカチを落としてしまいまして、サイラス様はそれを親切に届けに来てくれましたの」

「おや、そうだったのか」

わざとらしく嘆息するレオンの白々しさに、わたしもサイラスも気付いている。

けれど、それを突っ込むのはパンドラの箱を開けるような愚かしい行為だ。藪の蛇を突く真似はするまいと、素知らぬフリをした。

「ええ、そうです。そのお礼としてスカーレット家自慢の庭を案内しておりましたが、残念なことにサイラス様はお忙しいようで、もうヴァイオレット家に戻る時間なのだそうです」

せめてサイラスを逃がそうとすると、彼はまさしく助け舟だといわんばかりにコクコクと頷く。

そしてそのまま、駆け出さんばかりに屋敷の玄関へと向かうサイラスの背を見送ると、レオンはつまらなそうに目を細め、そして自身も仕事があるからという理由で屋敷を後にしたのだった。

◇◆◇

『どうせもうすぐ手に入る』

サイラスがハンカチを届けてくれてから三ヶ月後、わたし自室で考えに耽っていた。

あの言葉には確信めいた印象を受けた。

だからパーティーが終わってからしばらくの間は、ずっと警戒していた。

なのに、レオンはサイラスとの鉢合わせの件を除いて屋敷に顔を出すことなく、この三ヶ月はなんの波風もなく、穏やかに経過しようとしているのだ。

(あの言葉はなんだったのかしら?)

ただの強がりとは思えない。

だとすれば、どうしてこうも静かなのか。今の平和が嵐の前ぶれのようで、かえって心が落ち着かない。不気味だ。

(アルベルトとはパーティー以来会っていないし、ウィリアムも騎士宿舎に居るから屋敷には殆《ほとん》ど帰ってこない。ミハエルとの仲はいつも通りだし、サイラスに至ってはあれから関わってもいな

いわ）

思惑通り、攻略キャラ達との間で目立ったトラブルもない平穏を享受しておいて、一体何を怯える必要があるというのだろう。

気にしないで少しでも精神的負担を減らした方がずっと良いはずだ。

もしかしたら。『最愛の果てに』と同じに見えるこの世界について、私が神経質に考え過ぎてしまっているだけで、本当はこの世界は『シルヴィア』にとっても平和そのもので、ゲームは所詮ゲームだったのではないのだろうか。そんな希望も胸に宿る。

しかし残念な事に、そんな希望は現実逃避の絵空事だった。

扉の外で騒がしい音が聞こえた。

わたしの傍付きのメイド達が「お止め下さい」と言う声、それから、それを振り切ろうとする男の声も。

公爵家長女の私室の前でそのような問答が繰り広げられているだなんて、ハッキリ言って異常だ。

――良くないことが起きる。そう直感した。

覚悟を決めて自分から部屋を出る。ぎゅっと掌を強く握り、弱い自分を押し隠す為、たおやかに微笑む。

扉を開けた先に居たのはシルヴィア付きのメイド三人と『婚約者』のアルベルトだった。彼はいつになく苛立った様子でわたしを睨みつけた。

「シルヴィア。婚約を正式に取りやめるとはどういうことだい？」

「婚約を破棄……？」

「とぼけないでくれ！　君は元々この婚約を望んでいなかった。だからこれはきみの意思だろう」

感情を露わにしたアルベルトの剣幕に圧倒されそうになるのを、なんとか堪《こら》える。ここでわたしまで動揺すれば、事態はより最悪な方へ転がり落ちる気がしたからだ。

「……わたくしは何も存じ上げませんわ」

「嘘だ。だってそれなら誰が……！」

アルベルトが言い募ろうとしたその矢先、場違いな程に軽やかな革靴の音が聞こえた。

「殿下。これ以上、身体の弱い私の姪を虐めないで下さいませ。シルヴィアの言う通り、婚約を破棄することになったのは彼女の意思ではありません。ただ単に彼女には王妃になる資質がなかったがゆえのことです」

押し問答を続けるわたし達の間に入ったのはレオンだった。彼は悠々と歩き、そしてアルベルトの背に合わせて屈《かが》んで、言い聞かせるように彼に説明した。

けれど、その仕草はまさしく子供扱いそのもので、今の激昂状態のアルベルトの怒りを更に煽った。

「僕達の婚約は以前からの取り決めのはずだ！　念書だって確かに城に残っている」

「ええ、おっしゃる通りです。しかし、その条件は『スカーレット家に連なる娘』と『アルベルト殿下』との婚姻です。最近倒れてばかりいるシルヴィアでなくとも、健康に優れたスカーレットに連なる娘であれば、婚姻は十分に認められると解釈しております」

「なっ……！」

「恐れ多くもシルヴィアは殿下との顔合わせ以来、将来この国の王妃になるというプレッシャーが多大にのし掛かっているのか、体調を崩すことが多くなりました。身体の弱い者を妃に迎えても、臣下も民も誰一人喜びますまい。王妃であれば国母になることを期待される存在。虚弱では話になりません」

切り捨てるようにも聞こえる台詞に、わたしまで絶句する。レオンは更に言葉を続ける。

「そのようにお伝えしたところ、新たに分家の者を選定し、殿下の婚約者として取り決めるようと、他でもない、アルベルト殿下のご両親である両陛下が命じられたのですよ」

「……貴公の話が本当だとしても当事者である僕達は何も聞いていない」

「それも無理はありますまい。なにせ大人同士の話し合いにございましたから」

「……王家から婚約破棄されたのであれば、シルヴィアは今後社交会から爪弾きになる。上位貴族は体面の為に彼女を娌たがるだろうし、下位貴族に嫁がせるだなんてスカーレット公爵家のプライドが許さないはずだ。今後、僕以外の婚約者を探すのは難しいぞ」

「殿下のお心遣い、大変痛み入ります。けれどその心配は無用にございます。なにせ彼女が成人するまでの間、私がシルヴィアを『保護』しますからな。しばらくの間、当事者であるシルヴィアが社交会に参加しなければ、この程度の話ならば、彼女が成人する頃には皆《みな》もう飽きて、また違うゴシップ話に夢中になっておりますでしょう」

息を呑んだのはアルベルトではなく、わたしだった。予期せぬ展開に混乱して、口を挟む余裕もなく、絶句することしかできない。

「――それはシルヴィアの意思か？」

アルベルトの声色は剣呑で威圧的だった。

「いいえ。スカーレット公爵家の総意にございます。今のシルヴィアは他家に嫁がせることは勿論、身内ですら手に余る存在になりましたからな。婚約破棄に伴い、いわれのない誹謗中傷も降り注ぐことでしょう。叔父としてその状況を放っておくことなどできません。だからこそ私が、シルヴィアの保護に名乗り上げたのです。彼女が成人になるまでの間、責任を持って私の元で保護することになっております」

「氷の総帥ともあろう者がやけに執心しているではないか……もしや、これはお前が仕組んだことではないだろうな？」

苛立たしげに奥歯を噛み締めるアルベルト。その瞳には憎悪の炎が燃え盛っていた。しかし王族に敵意を向けられようとレオンはたじろぐこともしなかった。

「私がなんと言おうと今の殿下には伝わりますまい」

切り捨てるような一言に、アルベルトはついに怒りを露わにした。

「……許さない。覚えておけ。約束を違えたのはお前たちの方だ！」

強い憤りの滲《にじ》んだ言葉だというのに、何故だろう、わたしにはその言葉に痛切な悲哀が込められているように感じられた。

何か言わなければと言葉を探しているうちに、アルベルトは踵《きびす》を返してしまった。

そしてそのまま、わたしは父の書斎に呼び出されることになった。

レオンが書斎の前まで付き添ってくれたが、『一人で来るように』と命じられたから、入室したのはわたし一人だけ。

そのことが心細く感じるのは、先程のアルベルトとのやり取りが尾を引いているからかもしれない。

（ううっ。気まずい）

父はわたしが部屋に入ってからも、書類から目を離さなかった。そして、感情の籠《こも》らない平坦な声で、事の顛末を口にする。

「アルベルト殿下とお前の婚約は白紙に戻った」

「……はい。先程そのように窺《うかが》いました」

「ああ。病弱な妃など外聞が悪いからな。殿下の婚約者には、お前の予備として妃教育を受けさせていた、健康な者を宛がうとしよう」

「……わたくし以外に妃教育を受けている者がおりましたのね」

「当たり前だろう。国母となる女を王家に召し上げる以上、保険を作らない方がおかしい。お前が役に立たないのであれば、速やかに交代させる準備は常にできていた」

事実だけを口にする父の言葉は、どれも静かで温度のないものだった。

わたしはもう、アルベルトの婚約者として『役に立たない存在』にされたのだ。

「お父様。わたくしは……」

「今更お前が何を言おうとこの決定は覆ることはない。それともお前は現当主である私の決定に逆らうとでも言うのか？」

そう言った後で、初めて父が私に視線を向けた。

けれどその視線は刃のように冷たく、容赦のない重圧を孕んでいる。

「わ、わたくしは、お父様の決定に、逆らうつもりは、ありません」

「そうか。つまり私の決定であれば従うと？　であれば、命ずる。スカーレット公爵家には、お前などもう必要ないが、幸いにして私の弟のレオンはお前に執心しているようだ。だからそのままあいつの屋敷に転がり込んで世話をしてもらえ」

「お待ち下さい。どうしてわたくしが叔父様のところに……！」

「あいつには『借り』がある。しかしその理由を特段お前に話す気はない」

侮蔑の視線に足が竦んで動かない。

わたしの無様な姿を見た父は呆れた様子で、溜息と共に部屋を立ち去った。

わたしたちの親子としての縁は今この時、切り捨てられたのだ。

◇　◆　◇

父が居なくなってからどれくらいの時間が過ぎたのか分からない。

怒涛の展開に放心して、立ち尽くすことしかできない自分の存在がひどく惨めに思える。

確かにわたしはアルベルトとの結婚を本心では厭《いと》うていた。

けれどアルベルトとの結婚は同時に、わたしが叔父から離れるチャンスでもあったのだ。

(だってレオンは怖い)

彼の『シルヴィア』に対する妄執は凄まじい。その相手の牙城で生活することになる不安と動揺。そもそもどうしてレオンはわたしをスカーレット家から引き離そうとしたのか。

彼の真意が分からない。分からないからこそ、得体のしれない恐怖がざわざわと胸を巣食う。

自分を守るように身体を折り畳んで、膝に頭を乗せる。

しばらくそうしていたわたしは、部屋の扉が開く音が聞こえたことで、父が戻ってきたのかもしれないと思い、ノロノロと視線を上げる。

真っ直ぐに自分に近づく革靴の音。それがわたしの前で止まり、その人物もしゃがみ込んだ気配がした。

「シルヴィア」

「叔父様……」

今、最も聞きたくなかった蠱惑《こわく》的なその声に応えるように彼を呼ぶ。

視界一杯に映るのは満面の笑みを浮かべたレオンの姿。

最早、彼と相対する気力は残っていない。だから逃げようと腰を浮かそうとすると、彼はわたしの顎を持ち上げ、そして懐のポケットに忍ばせていたらしい小瓶を呷《あお》ってそのまま口付けた。

「……ん、んっ」

飲まされているのは一体なんの薬なのか。

唐突で強引なキスが息苦しい。彼の肩を叩いて押し退けようとしても、騎士として鍛え抜かれた彼のしなやかな体躯はバランスを崩すことはない。

それどころか、レオンはわたしをきつく抱きしめ、逃げ場を失わせる。

(なんでこんなことに……)

既に薬はわたしの喉を通り過ぎた。一体なんの薬か分からないけれど、レオンの目的は果たしたはずだ。それなのに、彼はキスを止めるどころか更に口腔内を蹂躙《じゅうりん》しようとわたしの舌を突く。

転生前も含め、初めてのキスを自分の同意もなしに勝手に奪われたことが悲しい。

暴れて逃れようにも相手との力量の差は歴然。自分では敵わない相手に一方的に身体を好き勝手にされることの悔しさなんて、初めからなんでも持っているレオンには永遠に分からないのだろう。

(ああ、もう疲れたな)

涙で滲《にじ》む視界は輪郭がぼやける。予期せぬ展開に心が疲れてくたくたになっていた。わたしの心はもう限界だと悲鳴を上げていた。

いつの間にかキスから解放され、急激な眠気から意識が闇に落ちる直前、レオンはわたしを横抱きにした。それから、感慨深げに囁《ささや》く声が聞こえた。

「可哀想に。私にさえ目をつけられなければ、きみには王妃としての輝く未来が待っていたかもしれないというのに」

暗さの滲《にじ》んだ哀れみの言葉が、ひどくわたしの感情を揺さぶった。

一体どんな顔でそんなことを言ってのけるのか。少し気になったけれど、瞼《まぶた》が重く目を開けることができない。

「……いいんだ。今は眠りなさい。辛い現実のことなんか、起きてから考えれば良い」

慰めるようにして歌われた子守唄は聞き覚えのあるものであった。

(どこで聞いたのだっけ?)

曲名を思い出す前に、気怠い睡魔がのし掛かり、それに抗うこともできずに、とろとろと睫毛《まつげ》を伏せることにした。

◇
◆
◇

(ここは……?)

深い眠りから目が覚めたわたしは広く柔らかな寝台に横になっていた。長いこと眠っていたからか、起き上がるだけでも身体の節々と頭が痛い。

グルリと広い室内を見渡せば、部屋の調度品の数々は完璧に『シルヴィア』の好みに揃えられていた。シンプルながらも質の良いものが置かれている。

(……この屋敷の主をわたしは知っているわ)

だってわたしは幼い頃から何度も『この部屋』に泊まったことがある。

わたしの意向を一つの妥協もなく反映したこの場所は、レオンの屋敷に用意された私の部屋だった。

(本当にわたしはレオンの屋敷に引き取られたのね)

ここまでわたし好みで部屋を作らせたのは、レオンのわたしへの執着の証なのだろうか。

スカーレット本家の自室でも、こんなに自分の好みが反映されたことはない。

一人きりの空間で自分の唇をなぞる。思い出すのは眠る前に彼に口付けられた時のこと。

(あれは本当に現実のことなのかしら?)

レオンとの淫夢を何度も見ているからこそ夢か現実か分からなくて不安になる。

夢の中でも与えられる快楽は生々しく、体温だって覚えている程だ。だからこそ、あの口付けは自分が見た夢ではないのかとも思う。

(だってわたしはまだ子供よ。いくらレオンでもこんな子供に手を出す?)

悶々と思い悩んでいると、遠慮がちなノックの音が聞こえ、入室の許可を出す。幾人ものメイドが華美なドレスを携えて、あれよあれよとわたしに着せていく。

鳶《とび》色のドレスは宝石をちりばめられていて重たいが、その分、けれど少し動くだけで角度を変えて輝く。その煌《きら》めきは夜空に映る星のように美しい。

(そういえばレオンの瞳も鳶《とび》色をしていなかった?)

ふと気付いた事実から眼を逸らしたくなる。

『姪相手』に自分の瞳の色を模したドレスを贈るなんて。

なんとも言えない気持ちになったところで、再度扉を叩く音が聞こえた。

「シルヴィア。入っていいかい？」

「え、ええ。どうぞ」

つい今しがた脳裏に過った人物がやってきたことに、鼓動が大きな音を立てた。

テーブルの傍らに置かれた椅子に腰掛けたレオンは、メイドに紅茶を持って来させると、それをベッドの中に居るわたしに勧める。

常ならば多弁な彼が、今日に限ってはあまり口を開かない。静かにわたしを眺めるレオンの視線に、居た堪《たま》れない気持ちで紅茶を飲む。気まずさを誤魔化す為に飲んでいるものだから紅茶の減りはやたら早い。

そうしてカップに入った紅茶の底が見えた頃、とうとうわたしは沈黙に耐えきれずに口を開いた。

「叔父様。醜態をお見せして申し訳ありません」

「醜態？　シルヴィアが見苦しかったことなんてあるものか。私は何も気にしていないよ」

さっぱりとした態度に安心感を覚える。

きっと彼であればシルヴィアが何をしても許してくれる。

それと同時に、胸に引っかかるのは彼の妄執だ。

レオンはこの先、引き取ったわたしをどうするつもりなのだろうと思うと、心臓が痛くなる。

「叔父様は……」

「うん？」

「…………どうして、わたくしを引き取ってくださったのです？」

聞きたくて、それでも彼の回答が恐ろしくて、この場から逃げ去りたい最悪の気分の中、それでも消え入りそうな声で彼に尋ねた。

（ああ、これでわたしに恋情を抱いているからだと言われたらどうしよう）

そうなればまさしく最悪の展開だ。

けれど今この時を逃せば、もう彼に答えを聞くことはできないだろう。

わたしは自分の臆病さを理解していた。だから悶々と悩むよりも、なけなしの勇気を掻き集めて、彼の答えを待とうと思った。

「私はシルヴィアのことが好きだからね。きみが困っているようであれば助けたかった。ただそれだけのことさ」

そう言った後で、いつかのようにパチリと片目を瞑《つむ》ってみせた彼の目にはなんの情欲も込められておらず、今まで感じていたわたしに向ける執着も勘違いだったかのように見えた。

「たったそれだけで、引き取られたのですか？」

わたしは落ち着かない気分で尋ねた。

「ああ。私にとってはそれが一番大事な理由だ。だからシルヴィア、きみが成人するまでの間、私の名においてありとあらゆる苦難から必ずきみを守ると約束しよう」

彼の毅然とした宣言。それを聞いても安堵できなかったのは、彼との口付けの記憶があったから。

結局あの口付けが夢か現実か判断できないまま、目の前の平穏を得ようと私は目を逸らしたのだ。

第九章　崩れ去った平穏

レオンの屋敷での生活は彼の約束通り平穏だった。

わたしは部屋で紅茶を飲みながら、この七年の出来事について、物思いに耽っていた。

十七になったわたしは、レオンの屋敷に連れてこられて以降は他の攻略キャラに会うこともなく、原因不明の卒倒もなくなった。

今にして思えば、わたしが体調を崩すのは決まってゲームの情報を思い出した後だった。

この世界が『最愛の果てに』の世界であることに気付いて、恐ろしさからその情報を利用しようとしていたけれども、それが身体に相当な負荷を掛けてしまっていたのだ。

だから、攻略キャラと会わない生活は身体的にとても過ごしやすいものだった。

そしてあれだけ恐ろしいと思っていたレオンについて。

意外なことに彼は純粋に叔父として接してくれていた。

確かに彼はわたしに大きな愛情を抱いているに違いない。

けれど、一緒に住んでいても彼が妄執の片鱗を見せることはなく『家族』としてわたしを扱ってくれた。だから私はレオンに抱いていた警戒心を次第になくしていったのだ。

だって彼は本当に蕩《とろ》けるように優しく、そしてどんな小さな約束も誠実に守ってくれたから。

レオンは騎士団総帥としての立場に追われながらも、なるべく夕食だけは一緒に食べようとしてくれる。わたしが少しでも熱を出せばずっと看病してくれるし、なんでもない日であろうと一緒にいる記念だよとプレゼントを贈ってくれる。

そのプレゼントも以前のように高額で的外れなものではなく、わたしが飲んでみたいと言った茶葉であったり、品の良い扇であったりと、わたしのことをきちんと考えて贈ってくれていた。

あれだけ頑なだったわたしの心は、愛情深く穏やかな生活の中で少しずつ、だが確実に溶けていった。

レオンへの警戒が解けた一方で、ぬくぬくとした生活を享受している今のわたしの心配事は、もっぱら成人後の生活にある。

（成人するまではレオンが保護してくれるようだけれど、この先の生活はどうしよう？）

わたしが成人する十八の誕生日がもうすぐそこまで迫ってきている。

今では穏やかで緩やかな時間が流れるこの屋敷を愛おしく思っているけれど、さすがに成人した後もレオンの世話になりっぱなしという訳にはいかない。

（アルベルトとの婚約が白紙になったわたしが、もう誰とも結婚できないというなら、せめて『保護』されている間に一人で生活できる基盤を作っておかなければならなかったのに）

わたしだって屋敷を出てからの生活を全く考えなかった訳ではない。

身一つで追い出されたとしても生活できるように料理に掃除、お金の使い方、平民として生き抜く為の一般常識を学ぼうとした。

なのに、保護者であるレオンはそれに気付く度に悲しそうな顔で言った。

『成人するまでの間、私がシルヴィアを保護すると言ったじゃないか』

『きみが成人してからの生活はきちんと考えてある。だからどうか、今の間だけでも良いから、私に姪を甘やかす権利をくれないか？』

縋《すが》るようにして言われてしまえば保護してもらっている手前、レオンの意に反する行動を無理にすることは躊躇《ためら》われた。

かといってレオンが言う成人した後の生活について尋ねれば、のらりくらりと躱されてしまう。

でもそんなのは全て言い訳だ。

結局わたしは楽な方へ逃げただけ。

その高い代償は成人したその日に払わされることになる。

◇
◆
◇

成人になる日。わたしはレオンから二人きりで誕生日を祝おうと提案されていた。

この日の為にレオンから贈られた白いドレスは、花嫁のようにとびきり煌《きら》びやかで、身につける宝石はそれ一つ売るだけで、孫の代まで遊んで暮らせるほど、価値があるものであろう。

豪華な装飾品に触れる機会の多いメイド達ですら、その衣装の絢爛さに感嘆の息を吐いていた。

わたしのみが入室を許されたレオンの私室で、革張りの長椅子に並んで座ると、たった二人きりの誕生日パーティーがはじまった。

ウェディングケーキのように大きいケーキの塔がいくつも並び、メインテーブルにはのり切らない程のご馳走の数々。

「今日くらいは使用人の目を気にすることなく、私にシルヴィアを独り占めさせて欲しい」と提案したレオンにより、控える使用人も居ない、文字通り二人きりの空間だった。

「こんなに沢山あっては流石に食べきれませんわね」

「この中の一つでもシルヴィアが美味しいと思ってくれたら、それだけで充分に価値があるよ」

「また叔父様はそのようにわたくしを甘やかすのですね」

「だってそれは君が可愛いから。仕方がないだろう？」

相変わらず自分に甘いレオンに苦笑する。けれど屋敷に引き取られる前と違って、自然に笑えていた。

成人して初めて飲む葡萄《ぶどう》酒は大人の味で、今の自分のお子様な舌にはまだ少し渋みが残る。間違いなく高価であろう葡萄《ぶどう》酒を美味しいと思えるまでに、あとどれくらいの時間が必要なのだろう。度数の高いお酒を飲んだせいか頬が赤くなった気がした。

「ヴィー。無理せずにジュースにしなさい」

蕩《とろ》けるように鳶《とび》色の瞳を細めて、オレンジジュースを注いでくれる。

他の誰も呼ぶことのない、彼だけが口にするわたしの愛称を呼ばれても違和感を覚えなくなったのは、いつからだろう。もう思い出すこともできない昔のことに思える。

子供扱いに頬を膨らませつつ、子供扱いが終わればこの屋敷を出ていかなければならないことを思い出して、寂しさと不安で途方もない気持ちになる。わたしはそれを誤魔化すように飲み物を口にした。

食事を終え、ナプキンで口を拭く。ケーキを切り分けようかと尋ねられたけれど、お腹はいっぱいになってしまったので、もう少し後でと答えれば、レオンは緩やかに笑ってまた葡萄《ぶどう》酒を嗜《たしな》んだ。

かつてはあれだけ警戒していたレオンを前にしても、今は沈黙すら気にならない。二人で居ることが自然で、他の者を交える方がむしろ不自然に思える。

(でも、レオンがわたしを保護してくれるのは今日までの約束)

さすがに成人したからといってすぐに放り出されるとは思っていないけれど、彼だって円熟した大人だ。いつまでもわたしがこの屋敷に居ては、彼の婚期だって遠のいてしまう。

見目良く、理知的で、地位の高い彼には飛ぶように縁談が舞い込んでいることをわたしは知っている。

わたしが成人するまでは、とそれを断っていることも知っていた。

だからこそ、いつまでもこの屋敷に居てはならないのだ。

「叔父様」

「うん?」

「わたくし明日にはこの屋敷から出ようと思いますの」

意を決して自分の思いを伝えた途端、先ほどまでの甘い空気は霧散した。

（わたし、何かいけないことを言った……？）

底無しの沼のように暗い瞳でわたしを見据えるレオンに怖気付きそうになる。

「……どうして？」

温度のない低い声はひやりと冷たく、危うさを孕んでいる。

ピリピリとした緊張感が肌を灼《や》き、総毛立つ感覚に思わずゴクリと唾を飲み込む。

「だっていつまでもわたくしがこの屋敷に居ては、ご迷惑でしょう？」

「迷惑かどうかは私が決める話だ。シルヴィアはずっとこの屋敷に居て構わない」

「けれど、もし結婚することになりましたら……」

「結婚？　そんな相手がもう居るというのか？」

結婚するのはわたしではなくレオンだ。そのつもりで話したのに、どういう訳か曲解されたようで、力加減なしに肩を強く掴まれる。

近付く彼の顔は険しく、烈火の怒りを感じ、このまま話を進めるのはまずいと思い、慌てて誤解を解こうとした。

「いいえ。わたくしにはそのようなお相手はおりませんが……」

「居ないのなら、出ていかなくとも良いだろう。それとも今更、私から離れられるとでも思っているのか？」

話を進ませるごとに空気は昏《くら》く、澱《よど》んでいく。

レオンの表情は硬く、目だけが爛々と凶暴に光っている。ギシリ、とソファーのスプリングが嫌な音を立てた。あ、と思った時にはもう遅い。レオンはわたしの両手を束ねると、座っていたソファーにそのまま押し倒した。

「お、叔父様?」

突然何をするのだと身体を強張らせ、逃げようと足掻いても、騎士団の総帥である彼に敵うはずなんかない。それどころかその行動が彼の心を一層頑なにさせたのか、そのまま強引に唇を合わされた。

(な、何を——)

どうして急にこんなことになってしまったのか分からない。

驚きで目を見開いてもおかまいなしに、わたしの唇をレオンは柔らかく、舌で舐め上げた。

咄嗟《とっさ》に唇を噛み締めて彼の侵入を阻むが、何度も何度もじっくりと熱い彼の舌が往復する感触が妙に生々しく、ゾクゾクと背筋が震える。抵抗しようと思ったのに、下唇をゆるりと噛まれた驚きからつい口を開いてしまった。

「ふっ、う……ぁ」

逃げるわたしの舌を追いかけ、絡まされる。それが幾度となく続くとわたしが逃げているのか、それとも本当は自分から望んで、レオンの舌に自分のものを絡ませているのかすら分からなくなる。

歯列をなぞるように蹂躙《じゅうりん》され、舌の先端をグリグリと押し付けられれば、口腔を好きに暴れられると息のできない苦しさから涙が流れた。

レオンはその雫を親指で優しく拭うと、安心させるかのように頭を撫でた。

既に腕の拘束は解かれているのに、激しいキスで力の抜けた身体ではどうあっても彼の元から抜け出せる気がしない。口付けだけは続く中、自由になった手で抗議するように彼の胸を強くと叩く。突然の横暴に対する抵抗の処置。彼はそれを甘んじて受け、止めたりはしなかった。強引にことを進めている癖に、わたしの抵抗をそのまま受け止めるチグハグさに頭が混乱しそうになる。

永劫とも思える程の無遠慮な長いキス。

彼の舌からは先程から飲んでいた葡萄《ぶどう》酒の濃い味がして、キスを深めるごとに酩酊《めいてい》した気分になり、自分の中に眠っていた『女』としての欲望を起こされそうになる。

未知への恐怖に肌がざわりと粟立ち、下腹部が疼《うず》く。自分でさえ知らない身体の反応にとうとうわたしは耐えきれず、彼の唇を噛んで逃げようとした。

「あっ……」

口の中に広がる血の味。

人を傷付けたことへの罪悪感。

しかし、レオンは噛まれてもなお、わたしを腕に抱いたまま離そうとはしなかった。

それどころか信じられないことにわたしのドレスを無理矢理剥ぎ取り、あっという間に丸裸にしたのだ。

「やめてっ、何をなさるの？」

自分の身体を見られてしまった羞恥に打ち震えながら、必死に逃げようとした。

多少痛くても良いから、長椅子から床に身体を転がして、この場から逃げてしまおうとも思った。

だというのに、彼は決してわたしを離すことなく、鋭い眼光で此方を射抜いた。

「何をするかだなんて、この状況では一つしかないだろう。それともシルヴィアはそんなことすら分からぬ程に子供なのか？　であれば私自ら、この行為の意味を教えてあげよう」

「違います。わたくしが言いたいのはそういう意味ではございません。それにわたくし達は『叔父』と『姪』という関係ではありませんか！」

「それがどうした？」

『禁断の関係』を示唆したというのに、あっさりと吐き捨てたことが信じられず、わたしは目を見開く。レオンはついたばかりの唇の傷に手を当てると、血を纏《まと》った指をわたしの口に含ませた。

「たとえ血が繋がっていようとも、血の味なんかどれも一緒だろう。血の繋がりになんの意味がある。私がシルヴィアを欲さない理由にはならないではないか」

彼は指で口内を犯しながら、むき出しになったわたしの体を押さえつけ、性急に足を大きく開かせた。

止めて、と懇願しようにも口に入った彼の指が話すことすら拒絶する。普段曝《さら》け出すことのない場所を目の当たりにされる羞恥に頭が沸騰しそうだった。

足を閉じようにも彼の身体が割り込み、そのまましげしげと秘部を観察される。唐突に、ふっと息を吐かれる感触にぶるりと背筋が震え、これから犯されようとしていることへの恐怖を煽った。

(逃げないと……！)

強張る身体を叱咤し、どうにかソファーから降りようと自由な両手で彼の胸を押すが、鍛え上げられた逞《たくま》しい肉体はびくりともしない。それどころか彼はそのまま花芯を口に含んでしまった。

「ふっ……んんっ、ん」

赤い舌が形を確かめるようにゆっくりと這い回る。熱くぬめった彼の舌が蠢《うごめ》く度に呼吸が乱れ、一番敏感な肉芽を柔らかく突かれると、入り口がヒクヒクと物欲しげに震えた。

「初めてだというのに随分と敏感だ」

刺激に慣れていない場所で囁《ささや》かれると、過敏になった肌が鋭敏に快楽を吸収しようとする。

身悶えるさまに気を良くしたのかレオンは溢《こぼ》れる雫を舐め上げたのち、唇を窄《すぼ》めて吸い上げた。

「……はぁっ、あっ、ん」

こんなに強引に身体を蹂躙《じゅうりん》されているというのにわたしの身体は腰をくねらせ、歓迎するかのように蜜を滴らせる。

「ほら、シルヴィアもこんなに濡れてきたじゃないか」

わざとらしくレオンは溢《こぼ》れた蜜を掬《すく》っては陰核に擦り付け、そのまま肉芽を指で柔らかく扱く。

その強烈な快楽たるや――

「……っ!」

チカチカと目の前で閃光が弾けたかのようにあっという間に身体が痙攣《けいれん》し、声にならない悲鳴を上げながら、与えられる快楽を受け止める。

「……達したか」

凄まじい倦怠感《けんたいかん》が全身を支配し、荒々しく息を吐く。

レオンはわたしの息が整うのを待つことなく、無遠慮に胸を揉みしだく。レオンの大きな手の中で思う通りに形を変える乳房の淫猥《いんわい》さ。そして彼が甚振《いたぶ》れば甚振《いたぶ》る程に胸の中心は興奮で硬くなり、もっと触ってほしいと主張しているようであった。

(嫌なのに。どうしてわたしはこんなに感じてしまうの)

あれからも幾度となくレオンとの淫夢を見てきたからだろうか。記憶に快楽が刻まれているせいで、身体が甘い刺激を求める。

彼が乳輪の周りをなぞると、焦らされているもどかしさから太ももがぴくぴくと震える。

それを見たレオンはニヤリと口角を上げたかと思うと、ぎゅっと両方の乳首をつねり上げた。常ならば痛いだけのはず。だというのに、待ち望んでいた刺激に身体が悦《よろこ》び、ビクビクと痙攣《けいれん》する。

「ひっ……んんっ」

「……驚いたな。まさか胸だけでイけるのか」

経験豊富な彼に呆然と呟かれると自身が他人よりも淫《みだ》らな存在だと謗られているような気分になって、ひどくみじめに思える。心がおいてけぼりの状態で強引に与えられる快楽に混乱し、わたしはとうとう大粒の涙を流した。

「もう、もうっ……やめてくださいっ……!」

必死な懇願に一瞬だけレオンの動きが止まる。しかしそれは彼の情欲を煽っただけのようだった。

その証拠に動きを止めないレオンは、達したばかりの中にぬるりと指を差し挿れた。その場所が潤沢に濡れているとはいえ、長い彼の指を抜き差しする程の余裕はなくて、痛みに顔を顰《しか》める。

「いっ」

まだ硬いその場所をほぐすように彼はゆっくりと浅い場所から蜜口を撫でるようにして内壁をさすった。

最初は一本でもキツいと思っていたのに、次第に二本、三本と柔軟に甘く責められ、弱い場所が見つけられたかと思えば、執拗にその場所を抉《えぐ》られる。

身体が心を置き去りにして快楽を受け入れようとする。自分の淫《みだ》らさにどうしようもない気持ちになった。

隠しようもない程に乱れ、とうとう二度目の絶頂に意識が弾け飛ぶ。瞼《まぶた》が落ち、そのまま気絶しようとしたその瞬間、彼の男根が陰唇をこじ開けようとしていることに気が付いた。

「やっ、止めて」

そそり勃った屹立《きつりつ》は太く、長い。それをあてがわれていることに恐怖を感じて、泣いて懇願する。

しかし現実は無常だ。

「シルヴィア。君の純潔は私のものだ」

彼はきっぱりとわたしの望みを退け、そしてその宣言通りに柔らかな粘膜を押し広げていく。

「ひぃ……ぁっ」

強引に広げられた蜜口。彼がナカに入ってくるごとに痛みは強まり、冗談抜きで壊れるのではないかと思った。

けれど彼はわたしの身体が馴染むまでの間。辛抱強く、動くことをしなかった。

「シルヴィア。まだ痛むかな？」

無理矢理犯しておいて、今更痛みの心配なんかしないでほしい。

彼に言いたい文句は山程ある。しかし実際に口を開けば、痛みと快楽に掠れた情けない声しか出てこない。

だから泣き腫らした瞳で思い切り睨み付けてやることにした。

「……ああ、その気概が残っているのなら、動いても大丈夫そうだね」

彼は意地悪く笑ったかと思うと緩やかに腰を突き動かす。それと同時に陰核も指の腹で柔らかく転がしたものだから、痛みに強張っていた身体が予想していなかった快楽に翻弄される。

「ひ、ああ……っ……ぁ、う」

子宮の入り口をこじ開けられ、先程達したばかりで敏感になっている花芯を嬲《なぶ》られると、あさましくもすぐに身体は快楽を受け入れた。愛液は尻まで垂れ落ち、濡れそぼった蜜口は深く入った肉棒を歓迎するかのようにひくひくと痙攣《けいれん》する。

そんな身体の悦《よろこ》びとはうらはらに心は荒れ狂っていて、せめてもの抵抗にと、彼の背中に手を回し、強く引っ掻いてやる。

レオンは目を丸くした後に、凶悪に嗤《わら》い、乱暴な動作でわたしの尻を更に持ち上げると深いところまで突き刺し、揺さぶり出した。激しい彼の動きに翻弄されて、流されるようにして彼の背にしがみ付く。

「ああ、いいよ。シルヴィアの中がうねって凄く、熱い」

絶頂に向かって早まる動き。耳を侵蝕する身体がぶつかり合う淫《みだ》らな音。

そして直接子宮を押し上げられて、そのまま子種を吐き出されようとする絶望と湧き上がる悦楽にジンと身体が痺れていくのを確かに感じていた。

「や、ぁ、ああっ」

体内に密着した彼の切っ先が一際大きく膨れ上がる。レオンの顔を見ると何かを堪《こら》えるようにきつく眉根を寄せている。

「シルヴィア……！」

わたしを呼ぶその声は熱を帯びており、彼の限界が近いことを示している。しかしもう抵抗する余力はなく、ただ彼の望むがままに身体を開くだけだった。

「っ、ぁ、んんッ」

「……くっ」

最奥を突かれ、熱が放たれる。迸《ほとばし》る彼の精液に蜜口が悦《よろこ》んで収縮する。

けれど、心の奥底ではこのようなひどい裏切りを決して許しはしていなかった。

——わたしは甘く見ていたのだ。この男の執着を、歪んだ愛情を。

甘くみていたからこそ、このようなことになってしまったのだ。

もう油断しない。

絶対に彼から逃げてやる。

固い決意を胸に、そのまま眠りに落ちた。

今の私にとっては夢の世界だけが唯一の救いだったのだ。

◇◆◇

肌寒さを感じて目を開ける。布団に包まっていたわたしは衣服を着ておらず、裸の状態だ。そして起き上がろうとしたのだがズキリと腰に痛みが走る。

（嗚呼。いっそのことこれも夢だったら良かったのに）

けれどももしも昨夜の出来事が時折見ていたあの淫夢であったのだとしたら、腰の痛みなんかなかっただろう。

感覚まで分かるリアルな夢だったが、所詮は夢だった。今までは。

（なんで急にこんなことになったの？）

一緒に住むようになってからは感じることのなかったレオンの妄執。

けれど本当のところは、綺麗に隠していただけでずっとそこにあったのだろう。

（とにかく逃げなきゃ……）

彼の想いが発覚し、最後の一線を越えてしまったからこそ、いつまでもこの部屋に居るわけにはいかない。

とりあえず部屋に戻って、クローゼットから一番地味なドレスを探して屋敷から出よう。幸いにも成人した昨日の朝には屋敷からいつ出ても良いようにと必要な荷物は揃えていた。

だからレオンの居ない間に行動しようとベッドから降りようとしたその時、じゃらりと耳障りな音がした。

「何これ……」

掛け布団の下から持ち上げた両手首。そこに巻き付けられた銀色の鎖はベッドの柵に繋がってい て、わたしの行動を阻んでいる。腕を自由に動かせるだけの長さはあるが、ベッドの上で立ち上がったり、降りられる程ではない。

「外れて、外れてよ！」

なんとか外そうと懸命にもがく。しかし装飾のない無骨で頑丈だけが取り柄な鎖はわたしがいくら暴れようとその拘束が緩むことがない。

（こんなことをしている間にもレオンがまた部屋にやって来るかもしれないのに）

暴れたせいで手首の皮が擦り剥け、ヒリヒリと痛む。しかし、ここで諦めてはまた彼に抱かれてしまうかもしれない。

（裸の状態で鎖で拘束するだなんて異常だわ）

彼はこのままわたしを監禁するつもりなのだろうか。

（また抱かれたくなんかない！）

心と身体が乖離《かいり》するような虚しい快楽は一度きりで十分だ。なんとしてでもこの拘束から逃れてやると暴れていると部屋の扉がゆっくりと開く。

「……叔父、様」

彼の顔を見ただけで身体が震える。咄嗟《とっさ》に服を着ていない身体を布団で隠す。ベッドの上で座った状態で彼を睨みつけると彼は真っ直ぐにこちらに近付いた。

「せっかく身体が繋がったんだ。『叔父様』ではなく『レオン』と呼んでもいいんだよ？」

「結構です」

「それは残念」

ちっとも残念とは思っていない様子で優雅に微笑む彼が憎たらしくも恐ろしい。

力では彼には敵わない。まして拘束されているのなら尚更だ。

また好き勝手に身体を蹂躙《じゅうりん》されるかもしれない恐怖に喉が引き攣《つ》る。

「……そんなことよりもこの拘束はどのようなおつもりなのですか」

「どのようなって……私が離れている間にきみを逃がさない為のものだ。本当はこんな無骨なもので縛り上げたくなかったのだが、いかんせん、洒落た鎖など見当たらなくてね」

ベッドに腰を下ろしたレオンは鎖の拘束を丁寧に解きはじめる。まさかこんなすぐに縛られた手首が自由になるなんて思いもしなかった。

本来ならば嬉しいはずの行為なのに、今の状況では逆に不安を煽る。

「ならば、どうして鎖を外されるのですか？」

「繋いだままの方が良かったのかい？　シルヴィアにそのような趣味があるとは驚きだが、きみが望むのであれば付き合ってあげよう」

「違います！」

「冗談だよ」

クックッと喉の奥で笑いを噛み殺す彼の余裕が憎たらしい。やわやわとわたしの手首をさする彼の手から腕を取り戻そうとしても、離してはくれなかった。

(これじゃ拘束が鎖からレオンの手に替わっただけじゃない)

むっつりと黙り込んでいると彼はポツリと呟いた。

「赤くなっているね」

「叔父様が鎖なんか付けたからでしょう？」

「……そうだね。次は鎖の内側に柔らかい毛皮を巻いておこう」

「そんな問題ではありません。鎖なんか付けないでください」

「けれど、拘束していなかったらシルヴィアは私から逃げるだろう？」

正論を言われてうっと黙る。

しまった。ここは嘘でも逃げないというべきだった。

けれど反省したところで、きっと彼は嘘を見抜く。

「先程きみの部屋を覗いたが、屋敷を出るための荷物が纏《まと》められてあったね」

「……勝手に鞄の中を開けたのですか？」

「もちろん私だって普段であれば、そんな無粋な真似したくないさ。だけど、きみは昨夜私の元から離れると言っただろう。だから念の為、部屋を改めさせてもらったんだが……どうやらそれが正解だったようだ」

わざとらしくやれやれと嘆息する彼の瞳が剣呑に光る。レオンの厳しい視線に昨夜のことを連想してしまい、どうにも心が騒《ざわ》つく。

「叔父様」

「嗚呼。そんなに怯えないでおくれ。私は怒っていない。だけどね、きみが離れようだなんて馬鹿なことを思わないように教えなければならないから、これは仕方のないことなんだ」

見せつけるようにゆっくりとわたしが身に纏《まと》う布団を剥ぎ取られる。露わにされた裸身は寒さからか、それともこれから起こるであろう情事への恐怖からかみっともなく震えている。

「お願いです。もうあのようなことはしないで……」

「駄目だよ。これは罰だ。罰は嫌がることでなければならないだろう？」

優しく微笑んでいるのに、彼の瞳はちっとも笑っていない。

喰《く》われる、と直感した。

また身体を好き勝手に暴かれると思うと恐ろしい。一度経験したがゆえにそれは尚更だ。

怯えるわたしの緊張をほぐそうとしてか、レオンは全身にキスの雨を降らせはじめた。

そしてゆっくりと、執拗に、時間を掛けて再びわたしの身体を蹂躙《じゅうりん》するのだった。

第十章　赤く染まった手

身体を暴かれたあの日から、彼は時間を見つけてはわたしを抱くようになった。

変わったことが一つあって、彼はわたしの服は脱がせるが、自分自身が服を脱ぐようなことはしない。そしてどれだけ嫌だと言っても、その言葉を聞いてくれることはない。

長い時間を掛けてわたしを情欲という名の地獄に突き落とす。心は確かに与えられる快楽を嫌がっているというのに、レオンから与えられる快楽は着実にわたしの身体を作り変えているかのようで、夜が来るのが恐ろしい。

（……ん。布擦れの音）

その日もレオンに求められるままに抱かれ、気を失うようにして眠っていた。

心労のせいか眠りが浅くなったわたしは少しの物音で簡単に起きるようになっていた。だから殆《ほとん》ど音のしないレオンの身支度の音で起きたのだ。

レオンは騎士団の総帥なだけあって忙しく、夜が明ける前には登城する。朝、隣にレオンの姿が見えないことに、私はいつも胸を撫で下ろしていた。

（起きたことを気付かれたら面倒よね）

こんな関係になった今、もう彼と積極的に関わろうとは思わない。それならば寝たフリをして彼が去るのを大人しく待った方がマシだ。

そんなわたしの考えとはうらはらに、身支度を終えた彼はわたしの顔をじっと見つめたまま、中々去ろうとしない。

(わたしの顔なんか見ていないで早く部屋から出ていけばいいのに)

居心地の悪さからついそんな風に考える。

永劫とも思える程に長い沈黙の後、レオンは消え入るような声で「すまない」と謝罪の言葉を口にした。

何か一つでも物音が立っていたら掻き消えてしまうほどの小さな呟き。けれどその言葉が手放そうとしていた激情に火を付けた。

(散々わたしの身体を好き勝手嬲《なぶ》っておいて、今更何を都合の良いことを言っているのよ……!)

布団の下で拳を強く握る。食い込む爪の感触が気にならなかったのは、むくむくと湧き上がる怒りのせいからか。

頭の血管が焼き切れてしまいそうな激情を吐き出すべく、彼に怒鳴り散らかして、有らん限りの罵倒の言葉を投げつけてやりたかった。

腹の底からマグマのように湧き上がる怒りは憎悪となり、彼の存在全てが憎くて仕方ない。

(……でも、もしかしてわたしが眠っていて気付かなかっただけで、毎日こうして謝っていたのかしら?)

まさかレオンに謝られるだなんて。たとえ形だけであろうと、彼の人生において殆《ほとん》どなかったに違いない。そんな彼がわたしに対してに謝罪の言葉を口にしたという事実は、ほんの少しだけ、わたしの溜飲《りゅういん》を下げることに繋がった。

後悔の滲《にじ》む痛切な謝罪。それをあえて受け取らなかったのは今のわたしにできる唯一の仕返しだ。

その日からわたしはこっそりとレオンの起きる気配に合わせて目を覚ますことにした。

どうせ日中はレオンも居らず、自由な時間を過ごせる。もし眠り足りなければ、その時間を利用することにしている。

レオンは夜が明ける頃には謝罪をしている癖に、夜に深まる頃にはシルヴィアを抱くことを止めない。

(ほら、やっぱり。すまないなんて口だけじゃない)

謝ったところで抱くことを止めないなら最初からそんなこと口にしなければいい。所詮口でならなんとでも言える。

意味のない謝罪なんて止めて欲しい。そう直接レオンに伝えてやろうと、その日は薄目を開けた。

(――え。何、あの傷)

朝日に照らされたレオンの背中にはいくつもの鞭の痕がハッキリと刻み込まれていた。それは思わず息を呑む程、痛々しいものであった。

「……シルヴィア？」

ゆっくりと振り向いた彼の顔はいつもと変わらない。

ドロリと蜂蜜のように甘い執着を滲《にじ》ませたその瞳は確かにわたしを搦《から》め捕っているのに、背中の傷痕を目撃したわたしにはその中に払拭《ふっしょく》できない陰りが見えた気がした。

「……その傷は？」

「ああ。これを見てしまったかい。あまり気分の良いモノではないだろうから、忘れてしまいなさい」

「けれど……」

「無理矢理きみを組み敷いている人でなしが負った傷のことなんか気に留める必要はない」

「……では、叔父様はわたくしに隠し事をされるという訳ですか？」

ポツリと呟いた言葉に彼は驚いた様子で、眼を瞬かせる。

ここで引き下がらなかったのは自分でも意外だと思った。けれどそれは七年も共に暮らしていた相手への情だったかもしれない。

一緒に暮らしていた分からこそ彼と過ごした日々の思い出は確かに心の中に刻み込まれている。

だから彼の過去がどうしても気になって、問い詰めてしまった。

レオン沈黙の末、自身の過去を語ったのである。

◇
◆
◇

スカーレット公爵家にはいくつもの秘密がある。その内の一つがレオン・スカーレットという男はウィリアム・スカーレットと同じく養子であったという事実だ。

スカーレット公爵家は高い権力を保持している一方で、その権力を手中に収めようといつの時代も王宮を巻き込んでの内部政争を繰り返してきた。それゆえ公爵家に新しい命が授かると、その命を狙う者が次々と現れる。

なまじ武功に優れた者を代々輩出し、国の軍事権をスカーレット家が独占しているような状態だからこそ、その犯行は悪質で、刺客たちは相手の命を簡単に散らす手段を手にしていた。

シルヴィアの父、ダニエルも元々は血の繋がった実の弟が居り、その『弟』が騎士団の総帥になるはずであったのだが――その弟も十歳の幼さでこの世を去った。

慌てたのは先代当主。即ちダニエルの両親であり、シルヴィアの祖父母だった。

スカーレット公爵家はなんの『呪い』か、代々子ができにくい。加えて喪われてしまったスカーレット公爵家の次男には二つの大きな役割があった。

一つが長男がこの世を去った時の保険。そしてもう一つがスカーレット家の権力を維持する為の騎士団の総帥としての立場である。総帥の職は激務であり、スカーレット公爵家当主の立場と兼任することは難しい為だ。

たった二人しか授かれなかった子供の片割れを亡くしたことで、シルヴィアの祖父母は総帥の役割を担うことができる、優秀な子を分家筋から見つけようとした。

その結果、抜きん出た優秀さから公爵家に引き取られたのがレオンであった。

養子として選ばれたレオンは彼の母と共に公爵家の屋敷に住むこととなる。

しかし問題が一つあった。

レオンが引き取られる前、政略結婚の為に夫との仲が非常に悪かったことが原因で、レオンの母は精神的に疲れていた。

そんな最中《さなか》、彼らにとっては雲の上の人である公爵家当主から「よくこんなに素晴らしい子を育ててくれた」と褒められたことで、レオンの母の自己肯定感は悪い方向に高まったのだ。

——ああ、嬉しい。あのスカーレット公爵家の当主に、直接言葉を掛けてもらえた。それどころか、褒めてくださるだなんて思ってもみなかった。やはりわたくしは他の凡庸《ぼんよう》な者とは違うの！　わたくしこそが、スカーレット公爵家に招かれるに相応しい人物なのだわ。

今まで使用人にレオンの世話を丸投げしていた癖に、一転、全て自分の手柄と彼女自身が心の底からそう思い込んでしまったのには、それだけ精神が摩耗していた証なのかもしれない。

結果、もっと当主から褒めて欲しい、認められたいという思いから、レオンの母は執拗にレオンを追い詰め、少しでも彼女の思う通りにならないことがあると周囲に構わずに当たり散らかすようになっていった。

元々神経質だったレオンの母だが、その頃にはヒステリックさが加わり、レオンは教育という名の『虐待』を受けるようになる。

それは次第に苛烈さを増し、ほとんど拷問に近い状態であったものの、残忍な彼女に目をつけられないように皆一様にその事実から目を逸らしていた。

だからレオンは殆《ほとん》ど一日中母親に見張られて過ごし、何がなくとも粗相《そそう》があったと騒ぎ立てられ、屋敷の地下牢に呼び出しては、乗馬用の鞭を振るわれ、時には蝋燭《ろうそく》の火で肌を焼かれていた。それも直ぐには肌につけることはない。わざとらしくゆっくりと火を近付けてくるのだ。そして水脹れになると、あえてそこを潰し、またその上から火を押しつけられる。

こうして陰湿に虐め抜かれたことで、レオンの子供特有の白く滑らかで柔らかい背中の肌はすぐに、赤く引き攣《つ》れた醜く凹凸《おうとつ》のある肌に変化した。唯一の救いは『躾《しつけ》』が終わった後に、一応の消毒がされること。とはいっても乱暴に消毒液の瓶を背中に掛けられるだけであったが、そのお陰で化膿だけは避けられた。

傷の痛みにより、剣技の訓練中に身体が思うように動かせなくなると、更に鞭で甚振《いたぶ》られ、時には蝋燭《ろうそく》の焔《ほのお》で焼かれた。自分の肉が焦げる臭いはレオンが大人になった今でも鮮明に記憶に焼き付いている。

レオンは元々優秀だったが、母は痛みによる支配で彼の能力が伸びたと思い込んだ。

実際にレオンの評判は高まっていたので、最初の内だけは母もそれで納得し、得意げに鼻を鳴らしていた。

しかしその上々の評判にすら、満足することがなくなったのはいつのことだろう。

褒められることが当たり前となったレオンの母は、次第に長子のダニエルさえいなければ、レオンが公爵家の当主になれるのではないかという妄執に取り憑かれるようになった。

そうしてダニエルを亡き者にしようとしたのだが、唯一誤算があった。

それは今までは大人しく彼女に従っていたレオンが裏切ったことである。

レオンはスカーレット公爵家当主本人に自分の母の計画を密告した。そしてスカーレット公爵家に仕える屋敷の使用人達も母の行動を逐一報告し、彼女の計画を頓挫させた。

それにより、レオンの母は失脚。公爵家が所有する辺境の屋敷に名目上は療養として生涯幽閉されることになった。

一方でレオンの兄、ダニエルとしては今まで唯々諾々《いいだくだく》と母に付き従っていたレオンが、どうして自分を助けたのか疑問であった。

もし自分が死にさえすれば、本当にレオンこそがスカーレット公爵家の当主を継げたのかもしれない。

そんなチャンスが転がっていたというのに、なぜそれをわざわざ手放すのか。

自分のこれからの命を左右する程の疑問だったからこそ、ダニエルはそれまでほとんど関わってこなかったレオンを呼び止め、直接聞くことにした。

「……お前があの女に甚振《いたぶ》られていたことを知っていて、放っておいた男をどうして助けた？」

「……私が貴方の立場であったとしたら、私も同じ行動を取ったでしょう。誰だって面倒ごとに関わりたくない。私があの女の行動を黙って受け入れていたのは、その方が『早く』済むと思っていたからに過ぎません。しかし、あのような杜撰《ずさん》な計画に巻き込まれるというのであれば、話は別です。仮にあの女の計画通りになったとしてもスカーレット公爵家の直系でない私では、分家筋の人間から公爵家の後継に相応しくないと因縁を付けられて、今度は彼らが私の命を狙ってくるに違いないでしょう？　あの女を切り捨てて兄上を生かす方が面倒が少ないと思っただけです」

「面倒？　お前はたったそれだけで、自分が手にしたかもしれない未来の栄光を捨て去ったのか？」

「私が公爵家当主？　そんな面倒な役割など御免です。ある程度自由のきく『二番目』くらいが丁度良い」

スカーレット家の血が流れる者であれば、誰もが望むその地位を面倒だと吐き捨てるレオンにダニエルは驚く。

率直で飾り気のない言葉は恐らく彼の本心であろう。だからこそ彼の述べた理由に納得がいった。

「それと理由はもう一つ、未来の公爵家当主様に『貸し』を作っておきたかったのかもしれませんね」

余分なものを削ぎ落とした短く簡潔な返答にダニエルは目を見開いて、そしてふと笑う。

感情が凪いでいることが多い彼の、ほとんど見せることのない鮮やかな微笑みを見て、レオンもつられたかのように、ゆるやかに口角を上げた。

「それは随分と大きいモノを借りてしまったな」

「ええ。利子も付けておきます。いずれ返して下さいね」

笑い合うレオンとダニエルは、その日少しだけお互いの腹を見せたのだ。

◇
◆
◇

レオンの過去を聞いたあの日から何故か彼はわたしを抱かなくなった。

持っている体力が違う彼に抱き潰され、一日中寝ているような状況がなくなったことで、屋敷から出ないことを条件に、わたしは束の間の自由な時間を得た。

抱かなくなったとはいえ、レオンの目は今でも慈愛に満ちていて、見つめられているわたしの方はその熱烈な視線に蕩《とろ》けてしまいそうだ。

わたしはその目で見つめられることが苦手だ。

じっとりと蜂蜜のように甘いその瞳。わたしだけに見せる特別な表情。

彼の過去を知り、私達に叔父と姪としての血の繋がりが無いと知った今、子供時代の彼の厳しい環境に対して僅かに湧き上がった同情からか、どのような顔をして彼に向き合えば良いのか分からない。

(結局わたしは悩んでばかりね)

もっと同情の余地がない傲岸不遜な悪人であれば、純粋に恨み続けられたというのに。ゲームでは明かされることのなかった彼の過去は心に重くのし掛かり、かといって自分の身体を好き勝手に蹂躙《じゅうりん》された憎しみの炎は簡単に消すことができない。

彼の財によって好きな物に囲まれて、そして甘やかされる毎日は生きやすい。

七年間の温かな記憶も相まって、いつしか彼を許してしまいそうになる自分が恐ろしく思える。

じわじわとわたしの人生が彼によって侵蝕されていくようで、それが怖くて仕方がない。

まるで真綿で首を絞められていくみたいな閉塞感が苦しかった。

そんなある日、レオンは隣国への遠征に出かけるのだと告げた。

その準備があるから、遠征に出る前は使用人を何人か連れて城に籠《こも》るという。

つまりこれは彼から逃げる最大のチャンスだ。

彼に保護されて以来、社交界に出ることもなく、ずっと屋敷に閉じ籠っていたから隠し扉の存在や、警備の薄い経路を知っている。

人の少ないその時であれば、もしかしたらそのまま上手くレオンから逃げられるのかもしれない。

(けれど、本当にそれでいいの?)

思い悩むうちにその日は訪れて、屋敷を立ち去る前、レオンは困った顔で笑うと、行ってくるとだけわたしに告げた。

短く残された彼の言葉に返答する前に、レオンはわたしの部屋から出て行った。

無理に抱かれなくなった今、直接彼と対峙することなく屋敷から逃げ出すのは果たして本当に正しいのだろうか。

(……何を今更躊躇《ためら》う必要があるの!)

だって彼は今までわたしに散々なことをしてきたじゃないか。

無理矢理身体を暴いて、屋敷に閉じ込めた。自分の弱みをバラしたのは、わたしの罪悪感に付け込もうとしているのかもしれない。そのくらいレオンは狡猾だ。

だから彼から逃げることに悩む必要はないはずだ。

だというのに、どうしてわたしはこんなに葛藤しているのか。

(――明日の夜、レオンは屋敷に帰ってくる)

堂々巡りを繰り返し、変に悩んでしまったせいで、彼の帰る日はもうすぐそこまで迫っていた。

窓の外を見れば暗闇が広がり、月さえも出ていない夜だ。今逃げ出せば、この帳《とばり》がわたしを隠してくれることだろう。

（わたしは……）

迷っていないでさっさと決断すればいい。夜の闇に紛《まぎ》れそうな黒いドレスに着替えておいて、今更逃げる気はないとでもいうのか。

長い葛藤に喉が渇いて頭がひどく痛む。震える手で自室の扉を開ける。それがいつもより重く感じるのは、わたしが未だどうするのか考えあぐねている証拠なのかもしれない。

廊下には人の気配が薄く、角を何度曲がっても使用人に出会うこともない。

いっそのこと誰か一人にでもすれ違うことがあれば、計画が失敗したと自分の中で諦めが付いて、部屋に戻ることができたのだろう。けれど、どういう訳か本当に、誰にも会うことがなかったのだ。

（どうしよう。もう屋敷の外に出るわ）

どうせ誰かに会って逃亡計画は頓挫するだろうと安直に考えていたからこそ、身ひとつで部屋を出た。

（なんで今になって簡単に逃げ出せるのよ）

今まで何度逃げ出そうとして失敗してきたことか。

その苦労を覚えているからこそ、隠し扉から抜け出そうと、抜け道を使おうと、そうそう上手くいくはずもないと思っていた。

なのに、こんなにも堂々と自分の部屋から屋敷の玄関の道を一直線で歩いている今日に限って、誰とすれ違うことがなかった。

（……別にこれで良いじゃない）

今注意しなければいけないことは別のことだ。

やみくもにこの屋敷から出たところで戻ってきたレオンに見つけ出される可能性は高い。今まで
ずっと屋敷で保護されていたわたしには行くあてもなければ、逃亡を手助けしてくれる友人知人も
居ない。

そもそも、レオンの屋敷に来てからも外に出る時はいつも馬車を使って移動していたから、中央
街の道のりまでだって自分の足で歩いた試しがない。

監禁前から過保護なレオンの許可なく、屋敷から出ることは殆《ほとん》どなかった。

当面の荷物も、金も、食料も、迷いゆえに何もかも全て置いてきた。

レオンと対峙することを恐れ、逃げるだけの臆病者の自分——果たして本当にそれで良いのか。

（わたしは本当にこれで良いの？）

やっぱり止めよう。

きちんとレオンの帰りを待って、ちゃんと彼と対面しよう。

そう思って玄関へ続く回廊を曲がろうとした足を止め、元の道へ引き返そうとした。

その矢先だった。

引き換えそうと背を向けた角から、見知らぬ、老いた女が不気味にブツブツと何かを呟きながら、
こちらに曲がってきたのだ。

印象的だったのは腰まである女の長い髪。艶《つや》が失われている燻《くす》んだ赤い色の髪は絡まり、ところどころ千切れてごわついていて、まともに櫛《くし》すら通らないようなありさまだった。

そして異様なのは女の瞳。昏《くら》く落ち窪《くぼ》んだ闇色の瞳。それがわたしを捉えた途端、ギラリと凶悪までに禍々しく輝き、唇の端が歪んで邪悪な弧を描いた。

「……見つけたわ」

今まで何を言っているか分からなかった女の無意味な言葉の羅列が、何故か初めてまともな言葉となった。

水を何日も取っていないかのような、ひどくしわがれた声は喜色を孕み、乾燥したしわくちゃな手が固まっていたわたしの腕を掴んだ。

明らかに正気を失っているであろう見知らぬ人物。その人物に身体を触れられる本能的な恐ろしさに短く悲鳴を上げ、迫りくる手を振り払おうとした。

けれどそれよりも早く、女は胸元からナイフを取り出すと、そのままわたしに振りかざしたのだ。

「――え」

自分に向けられた鈍い色のナイフへの恐怖。なんの理由も分からないのに、突然命を狙われる理不尽さ。レオンと最後まで相対することができなかったことへの後悔。

色んな感情がごちゃ混ぜになって、同時に死を覚悟したその瞬間……

「シルヴィアっ！」

ここに居ないはずのレオンが飛び出し、振りかざされたナイフの前に立ちはだかって、わたしを庇《かば》う。

「ど、どうして……」

震える声で彼を問う。信じられないことばかりが立て続きで起きて、脳が処理し切れない。呆然と立ち尽くして、彼の腹部に刺さるナイフを見つめて、ヒステリックに叫ぶ。

「なんで！　どうして、どうしてこんな『らしくないこと』を？」

わたしの代わりに腹部を刺されたレオンはそのまま膝を崩した。じわりじわりと彼の腹部から血が流れているのが見える。止まらない。床に倒れ込んだ彼の顔は白く、血の気が引いていた。

それでも、レオンはひどくゆったりとした仕草でわたしの頬に手を伸ばす。

「無事かい？」

静かで落ち着いて、それでいて今までで一番優しい声。わたしを気遣うその声に涙が出る。

「ええ。叔父様が守ってくれたから、だから、わたくしは無事です」

「なら、それで良い」

柔らかく目を細め、そしてそのままレオンは目を閉じる。

腹部にはナイフが、刃が見えない程に刺さっていて、今こうしている間にもその周囲から滲《にじ》み出す血がどんどん溢《あふ》れて止まらない。

どうにかしてそれを止めようと咄嗟《とっさ》に腹部に手を当てれば、わたしの手が赤く染まる。それはまるで彼の命の溶けた色のようだった。

「叔父様っ！」

声を掛けても彼は目を瞑《つむ》ったまま。レオンにナイフを突き立てた女はいつの間にか集まっていた屋敷の使用人達に取り押さえられながら高笑いをしていた。

「あはははは。名誉も栄華も、私のモノにならないなら、全部、全部、消えてなくなればいいの。紅く染まって壊れてしまえばいいの。嗚呼、もっともっと私に壊させてくださいな。何もかも全てを燃やさせてくださいな」

狂ったかのように笑って呪いの言葉を吐く彼女は屋敷の奥に引きずられていく。それと入れ違いに屋敷お抱えの医者が駆け寄ってきた。

医者は泣きじゃくるわたしを宥《なだ》めながら退かすと、テキパキと処置を始めた。

わたしはその光景をただ、見ていた。

第十一章　告白

夢か現実か分からないあやふやな時をレオンは何日も彷徨っているようだった。

わたしは毎日彼の枕元に座り続け、レオンの目が醒めるのを待っていた。

「す、まない……すまない。シル、ヴィア……」

彼はその微睡《まどろ》みの中で、弱々しくずっと謝っていた。

「もういいのです。過去のことも何もかも、もういいのです。謝らなくていけないのはわたくしの方です」

ベッドの中で眠る彼の顔は紙のように白く、血色感のなく冷たい手をさすりながら、わたしは自分を責め立てた。

「逃げる覚悟も持たなかった癖に、屋敷を出ようとした。だから本来であればアレは報いにございましょう。貴方はわたくしが受ける『報い』を代替わりしてくださった。そんな貴方を誰が責められましょう」

毎日泣きじゃくったせいで瞼《まぶた》は赤く腫れて重たくなった。それでも不思議と涙は涸れないものらしい。今日もずっと、晴れることのない後悔を眦《まなじり》に乗せていた。

彼が倒れて以来常に泣いているようなものだったからか、見かねた使用人達は口々にわたしに休むように訴えてくるようになった。

けれど、せめてレオンの目が覚めるまでは、傍に居て彼の様子を見ていたかった。

この日もそうだった。

彼は乾いた声でわたしに謝罪し、それ以外はずっと魘《うな》されている。

時たま思い出したかのように目を開けても、それは刺された腹部の痛みゆえ。意識までは戻らない。まさしく生き地獄であろう時を彷徨う彼を見て、わたしの後悔は果てしなく募った。

「叔父様、叔父様。もうわたくしは貴方から離れません。ですから、お願いですから、どうか良くなってください」

「叔父様……！」

もう三日も眠っている状態が続いている。肉付きが薄くなった頬を撫でるとピクリと瞼《まぶた》が動いた。

また痛みで体だけが起きようとしているのだろうか。であれば廊下に控えている医者を呼ばなければならない。腰を上げようとしたその時だった。

「……シ、ル……ヴィ、ア」

弱々しくも確かに意思を持った口調で彼はわたしを呼んだ。

「叔父様？」

「すまない――私なんかが、きみを、愛して、しまって、すまない」

薄く開いた彼の瞳は光が混濁し、次に瞬きをすればまた閉じてしまいそうな程に衰弱している。

けれどそんな状態になっても、彼はわたしを認識すると、謝罪の言葉を繰り返し続ける。

「……もういいの、もういいのです。だからこれ以上謝らないでくださいまし。むしろ勝手に屋敷を出ようとしたわたくしこそ謝るべきなのです。叔父様と対峙する勇気も持てず、ただ黙って逃げようとしてしまったわたくしを責めてください」

わぁわぁと子供のように泣き喚くわたしはなんてみっともないのだろう。けれど彼は一度もわたしを責めることなく、困った顔で頭を撫でていた。

◇◆◇

レオンが目を覚ましてから、屋敷には嘘のように穏やかな時間が戻った。

――そして事件の真相についてだが、わたしにとって思い掛けない人物が絡んでいた。

レオンに聞いた話によると、今回の事件の原因はわたしとの婚約を大人達の勝手な決断によって強引に破棄をさせられたと思い込んでいたアルベルト王子だった。

アルベルト王子は何故だか急にレオンを恨むようになり、レオンの過去を徹底的に調べたのだという。

そして王子は自分と同じようにレオンを恨んでいる人物――レオンの母親が僻地に軟禁されていることを知った。

日が差すことの少ない土地の、狭い敷地内で軟禁されたことによってレオンの母は心を一層病ませていた。

あの時、レオンが自分を裏切って告げ口さえしなければ今頃この世の栄華を手に入れていたというのに、と恨み言ばかりを繰り返している状態だった。

そんな彼女を都合の良い手駒にしようと、アルベルトは言葉巧みに唆し、レオンを刺すように誘導した。

それなのにアルベルトにとっても誤算なことにレオンの母は何故かシルヴィアの存在を知っていて、レオンを無視し、初めからシルヴィアに狙いを定めていた。

理由を探ろうにも、彼女は捕まった直後、牢の中で舌を噛んで死んでしまったという。そういう訳で、詳しい事情を聞き出すことは不可能だった。

レオンは刺された後遺症により、あれ以来、杖を突いて歩くようになった。以前のように走ることはできないが、杖さえあれば日常生活は問題ないと医者に告げられたらしい。

わたしは彼が杖を突いて歩く度に込み上げる罪悪感から彼の看病を買って出ていた。

初めは自分の罪悪感を払拭《ふっしょく》する為の口実だったかもしれない。

けれど看病するごとに今までの、本当の意味で触れ合えていなかった心の垣根が少しずつ柔らかに溶けていき、レオンに抱かれる前の七年間以上に、いつの間にか彼の傍に居ることの方が当たり前になっていた。

絆されていると思わないでもない。けれどそれすら以前の考えていたかのような嫌な感情ではない。

わたしは自分の意思で、彼の傍に居ることを決めたのだ。

しかし人との別離はある日突然やってくる。

その日、良い天気だからと庭園を散歩していたわたしは、喉が渇いたからお茶をもらおうと部屋に戻ることにした。

廊下を歩いていると二人の年若いメイドが噂話に花を咲かせている声が耳に入る。

「ねぇ聞いた？　レオン様がご結婚なさるらしいわよ！」

「ええ、知っているわ。隣国の末の王女様でしょ？　歳はシルヴィア様と同じで、妖精のように儚げで美しいって評判じゃない」

「――けれどシルヴィア様は……？」

「シッ！　レオン様とシルヴィア様は血の繋がった叔父と姪の関係よ。結婚なんてできるはずがないじゃない」

「そ、そうよね」

わたしの話題が出た後で、こちらに気付いていないはずの二人は何故か気まずそうにそそくさとその場を立ち去ってしまった。わたしは彼女達を呼び止めることなく呆然とそれを見ていた。

(レオンは結婚するのね)

そんなこと、レオンの口から聞いていない。けれど考えてみれば、わざわざわたしに言う必要もない。

(じゃあ、やっぱりわたしがここに居たら邪魔だよね？)

自分の知らない女性と夫婦になったレオンの姿を想像すると何故か猛烈に嫌な気分になり、胸がズキリと痛む。

レオンは分家からの養子であったけれど、その事実をスカーレット公爵家は隠している。

だから、わたしとレオンはこの先も結婚することはできない。

父と少し歳の離れている彼はまだ三十代半ばだ。

見目も良く、地位もあって、能力も申し分ない。そんな彼であれば、いくらでも結婚して欲しい女性達が居ることであろう。

そう遠くないいつか、わたしではない他の女性を選んだレオンの姿を想像するだけで、嫌だと心が叫んだ。

そしてその感情の正体はいつの間にか自分の中に芽吹いて育った恋情であることをわたしは静かに悟ったのだった。

◇◆◇

自分の恋心を自覚してからレオンのことを避けるようになった。

聡い彼では直ぐにわたしの想いを見抜いてしまうと思ったからだ。

だって今更わたしがレオンのことを好きだなんて、結婚の噂が流れている彼には知られたくない。

同じ屋敷で暮らしておいていつまでも彼のことを避け続けられないことくらいは分かっている。

けれどせめて、わたしの心の準備ができるまでの時間が欲しかった。

(心に仮面を付けて話すことは得意だったのに)

一体いつの頃からそんな簡単なこともできなくなってしまったのだろう。布団の中でだらしなくゴロリと寝返りをうっても、上手く寝付けない。ついレオンのことを考えてしまい、急に湧き上がった恋情に上手く対処できず、眠れない日が続いていた。

幸いだったのはレオンも仕事が忙しいらしく、屋敷に戻らない日が続いていたことだ。

だからしばらくの間、避けることができていたのだけれど……

「シルヴィア、起きているかい？」

その夜、遠慮がちなノックの音が部屋の外から聞こえた。

夕食が終わり、幼児であれば寝ている時間。大人であれば、まだ起きている時間に彼はやってきた。

動揺からつい返事をしてしまったことで、彼が部屋の扉を開けた。

満月の光が反射して、レオンの表情は見えない。

だから、どうして彼が部屋にやってきたのかその表情からは読み取ることができなかった。

レオンがわたしの部屋に足を運ぶのはレオンが刺された『あの事件』の前。出立するレオンを見送って以来だ。

「叔父様。どうかされたの？」

わたしはまだ、自分の心に向き合えていない。そのせいか、自分でも意識していない内に口調が硬いものとなってしまった。

「夜分にすまないね。ただ使用人から最近シルヴィアが眠れていない様子だと聞いたから。つい心配で……」

「少し夜更かしをする機会が多かっただけで、わたくしは大丈夫です。叔父様こそ最近忙しい様子ですが、何かありましたの？」

「ああ、少し雑務が重なっただけで別に大したことはないよ」

「……そう、ですか」

ちっともはずまないぎこちない会話。居た堪《たま》れなくなってわたしは俯《うつむ》いた。

レオンはそれを違う意味に捉えたらしい。

「ねぇ、シルヴィア」

「はい」

「もしも、もしも私と一緒に居ることが苦痛で仕方ないのならば、もう我慢しなくともいい」

「――――え？」

「……やっと私も決心がついた。私と居ることでこの先暗い顔をさせることになるならば、私と居ることがシルヴィアの幸福に繋がらないのならば、もうこれ以上きみを傷付けることはできない」

「叔父様……？」

「丁度私にも縁談が来ていてね。シルヴィアが望むのであれば私はこの縁談を受け入れ、きみを自由にしよう。だからシルヴィア。もう何も我慢することなく、自由に生きなさい」

血を吐く程の苦渋に満ちた彼の声は最後だけ優しく、柔らかいものであった。そしてそのまま部屋から立ち去ろうとしたレオンの腕を、わたしは縋《すが》るように握った。

「待ってくださいまし」

「シルヴィア？」

泣きそうな声で彼に懇願すれば、俯《うつむ》いていた彼はゆっくりとわたしに視線を向ける。

久しぶりに絡んだ視線は妙に懐かしくて、それだけで胸を締め付けられた。ポロポロと泣くわたしに彼は珍しく狼狽《ろうばい》し、白いハンカチを差し出す。

ふわりと鼻をくすぐったのは彼の匂い。幾重にも混ぜられた複雑な香水の匂いは、嗅ぎ分けようとすればする程に深みに嵌《は》ってしまう掴みどころのない静謐《せいひつ》な大人の香り。

当たり前のように傍にあった『それ』すらも、もうすぐ手に届かないものとなる。

「シルヴィア……？」

「すきです――わたくしは貴方をお慕いしているのです。だからどうか離れていかないでくださいまし」

空気が揺れるだけでそのまま掻き消えてしまいそうな程に小さなその声。けれどそれは確かにレオンの耳に届いたようで、彼の動きはピタリと止まった。

彼の顔を見るのは怖い。今更何を都合の良いことを言っているのだ、と罵られても仕方がない。

身勝手な想いを、本当に彼に伝えても良かったのかという不安から俯《うつむ》きそうになる。

それでも堪《こら》えたのは、まともに彼と話せるのはこれで最後なのかもしれないと思ったから。俯《うつむ》いてしまいそうな弱い自分を叱咤し、なけなしの勇気を掻き集めて、彼を見上げた。

今の自分はきっと格好悪い。

自分の気持ちを曝《さら》け出した羞恥から耳まで赤くなり、その興奮から瞳が潤む。彼の袖に伸ばした手足はみっともなく震え、正しい姿勢どころか立つこと自体がやっとだという有様だ。

弱い自分を曝《さら》け出すことはどうしてこんなに勇気がいるのだろう。

息を詰めて、彼の結論を待とうと思ったその瞬間、痛いくらいに力強くレオンに抱きしめられる。

「今の言葉は本当かい？」

「……本当です。けれど恥ずかしいからもう言いませんわよ？」

「ああ……、嬉しい。こんなに嬉しいことが人生にあるのか。こんな幸福を知ったら、もうなかったことには、できない。幸せだ、幸せなんだ」

幸福を噛み締めるかのように興奮した彼の口調は、いつもであれば考えられない程に幼く、そしてその喜びを示すかのように彼の心臓の音が早まっているのが分かった。

それに気が付いたのか、彼はすぐにわたしを離そうとしたけれど、引き止めたのはわたしの方だった。

離れようとするレオンを自分から抱きしめ、爪先立ちで触れるだけの口付けをすると彼はじっとわたしを見つめ、溜息を吐き出した。

「あまり誘わないでくれ。今の私は空腹な獣そのものだ」

「叔父様が、それを望むのであればわたくしは……」

自分から誘うような台詞が恥ずかしくなってつい尻すぼみになってしまう。

「本当にいいのか？　一度許可を得たら私はもう、この先ずっと止めてはやれない」

答えを言う代わりにわたしは彼の唇へと口付けた。

幼児のようにただ唇を合わせるだけの拙いキス。けれどもそれが彼の情欲に火を付けたのか、彼の舌がわたしの唇をなぞり、そして緩やかに口内へと侵入した。

「ぁ……」

熱い舌が絡められる。けれどそれは以前のように独善的な行為ではなく、ただ純粋にお互いの愛情をじっくりと分け合うような甘やかなキス。絡まる舌が粘着質な音を立てて欲望を煽らせる。

お互いの身体をまさぐって、そのまま衣服を脱がしていく。彼はあっという間にわたしの衣服を剥がしていったのに、わたしは異性の服を脱がす行為にひどく緊張してしまい、ボタンを外す手つきすらぎこちない。彼はその手に自身の手を重ね、教え込むように、ボタンを外していく。少しずつ露わになる彼の肌になんだかイケナイようなものを見た気がして、頬に熱が溜まった。それを誤魔化すようにして俯《うつむ》くと彼が笑う気配がした。

「シルヴィアは可愛いね」

胸の形を確かめるように柔らかく揉み込まれる。彼の大きな手によって淫靡《いんび》に形を変えていく乳房。与えられるであろう甘い官能を期待しているのに、彼は意地悪くそこを避ける。

「叔父様……」

「きちんと触れてはシルヴィアは私の服を脱がせられなくなるだろう。だから少しの間、お預けだ」

もどかしく思う程に焦らされて、それでも快楽を期待してゴクリと喉を鳴らす。辿々《たどたど》しい手つきでようやく彼のシャツを脱がせる頃には、触れられてもないのに胸の頂点がいやらしく立ち上がっていて、彼に触れられるのを今か今かと待っている。

「あ……」

指先で胸の頂点を擽《くすぐ》られただけで、嬌声《きょうせい》を洩《も》らし、喉をのぞけさせて悦《よろこ》ぶ。

「随分と敏感じゃないか」

「叔父様がそうしたのでしょう」

赤面して俯《うつむ》くと、彼の裸体が目に入り、余計に恥ずかしくなる。それを誤魔化す為に彼の首筋に顔を埋め、音を立てて吸い付く。

ちゅっちゅっと何度も吸い付いて、彼の首筋にいくつもの赤い所有印を刻み込む。

「シルヴィア……!」

「すきです、すきなのです」

「ああ。私もだ。私もシルヴィアを愛している」

うっとりと熱の篭った彼の告白。恍惚とする彼の表情に、自分の気持ちを伝えるだけでこんなにも喜んでくれることが嬉しくて、何度も素直な気持ちを伝えていく。

「わたくしも愛しています……」

「……きっと今が私の人生で最も幸福な時に違いない」

衝動に任せた熱烈な抱擁。感情のまま、身体をきつく抱きしめられたことで、彼の高鳴った鼓動がまたわたしの耳に届く。その嬉しさからわたしも強く抱きしめ返して、愛の言葉を繰り返した。

想いを告げる度に身体が高揚する。しっとりと互いの肌が汗で濡れていき、彼は至るところにキスの雨を降らしては、柔らかく太腿を撫ぜる。

赤い花が身体に咲き、潤んだ瞳で彼を見上げれば、空いた手で焦らすように乳輪の周りをくるくると指で辿《たど》られる。

「い、じわる……し、ないで、くださいましっ」

「すまない。どうやら私の悪癖だね。どうにも私は快楽に蕩《とろ》けてグズグズになったシルヴィアを見ると虐めたくなるようだ」

ふ、と鼻で笑ったレオンは、臍《へそ》に口付けて唇で足の間を探り当てると、固く立ち上がった場所を舌で転がした。慈しむようにしてじわじわと快楽を引きずり出される感覚に慣れず、身をよじってシーツを掴む。すると、彼はわたしの手に骨張った大きな手を重ねて手を繋いでしまった。

「ほら、我慢しないで。シルヴィアが感じてくれているのならば、私も嬉しい」

熱の籠《こも》った視線が混じり合い、そして労わるようにして肉芽を吸い上げ、丁寧に舐められる。

「ああ……ッ！」

味わうように壁を舐めまわし、蜜口を尖らせた舌でぐるりとなぞられる。じれったいのに、甘い責め苦に足ががくがくと震え、歓迎するかのように新たな蜜が溢《あふ》れる。

もどかしさで気がおかしくなりそうで、ぎゅっと彼の頭に縋《すが》り付く。

「お願いですから……、たすけて」

蓄積された快楽が発散されないことが甘い疼《うず》きを呼び起こし、それをどうにかして欲しくて淫《みだ》らに彼に強請《ねだ》る。

腰を揺らし、彼のご機嫌を窺《うかが》うように潤んだ瞳でレオンを見やれば、薄く笑ったレオンは蜜口に指を挿れ、卑猥にひくついたその場所に焦ったくなる程の愛撫を施しはじめた。

「シルヴィア。快楽に悶えるきみは一等美しい」

穏やかに少しずつ指を増やして、じっくりと快楽を煮詰められる。

「おじ、さま……」

指で掻き回されるたびに、シーツに愛液が溢《こぼ》れた。彼が少し指で動かすだけで、淫《みだ》らな音が奏でられる。

「そのまま気持ちよくなりなさい」

すっかり蕩《とろ》けて敏感になった身体。もうわたしにできるのは本能に従って喘ぐことだけ。やがて彼の親指が最も敏感な陰核を押し潰す。その刺激に快楽が弾け飛ぶ。

「ひっ、あぁぁ……！」

激しく身体を痙攣《けいれん》させて、悦楽に浸る。しかし、わたしだけが満足してはいけないだろうと、力の入らない足を無理矢理動かして、彼の上に跨《また》ろうとした。

「……シルヴィア？」

「叔父様はわたくしのせいで足が悪くなったでしょう？　ですから今夜はわたくしに任せてくださ

いませんか」

自ら彼の上に乗って、レオンの怒張に蜜口をあてがって、ゆっくりと入り込むその感触に息を詰める。

「随分と美味しそうに私のモノを咥《くわ》え込むじゃないか」

「んっ、はぁ……ああっ」

彼のそしりはひどく甘い。

自分が上になって咥《くわ》え込んだことで、いつもよりも深くレオンと繋がったような気がする。

「ほら。動いてごらん」

ペチペチと悪戯に尻を叩かれる。本来であれば屈辱的な行為なはずなのに、それは、わたしの中に眠っていた被虐心を擽《くすぐ》った。

蜜口をひくつかせながら、おそるおそる腰を揺らす。初めは小さく、小刻みに動いていたものの、快楽を追うように徐々に大きくなった動きは、貪欲に悦楽を求めていく。

「すっかり淫乱《いんらん》になったものだね」

「叔父様が、わたくしをそうしたのではありませんか」

軽口を叩きながらも彼は眉根を寄せて、熱い息を吐く。艶《あで》やかで色気のあるその美貌が歪むのを、今、わたしだけが彼を独り占めしているのだという事実に背筋がゾクリと粟立つ。

互いの身体をまさぐり合いながら官能に酔いしれる。酩酊《めいてい》したように興奮で赤くなった肌は一層しっとりと汗ばみ、シーツには白く泡立った愛液がぽたぽたと染み込んでいく。

「シルヴィア……っ、好きだっ！　愛している」

猛る興奮はレオンも同じなのか、彼の男根は先程よりも大きく反り返り、逞《たくま》しく太い怒張でわたしの最奥を貫いている。

身も心も全てを彼に明け渡して浸る官能。それはどこまでも深い絶頂にわたしたちを導こうとしているようだった。

「わた、くし……もっ、好、きですっ」

「ああ、ようやく手に入れた。私だけのヴィー……っ！」

やがて限界まで膨れ上がった彼の怒張でナカのざらついた場所を擦られると、ガクガクと足が痙《けい》攣《れん》し、快楽に頭が真っ白になる。

「ああっ……！」

先にわたしが達したことで無意識の内にレオンの屹立《きつりつ》を強く締め付ければ、ビクビクと彼のモノが震えて、熱を吐き出す。

「……く」

腹の奥底に熱い欲望が放たれ、内壁が彼の形を縁取って、貪欲に白濁液を呑み込んでいく。

「……やっとシルヴィアが、きみの心までもを手に入れることができた……！」

歓喜の声は凄みを放ち、どこか暗い欲望が滲《にじ》んでいる。しかし今のわたしにはその狂気すらも愛おしい。

だから汗で張り付いた彼の前髪を掻き分けてニコリと笑う。

「違いますよ。わたくしこそが貴方を手に入れたのです」

額に口付けると下腹部に受け入れたままのものが再び芯を持って膨れ上がるのを感じた。甘い声で誘うように彼の身体に縋《すが》り付いて、再び淫《みだ》らな悦楽の渦に溶け込んでいった。

エピローグ

「……やっと全てが上手くいった」

シルヴィアを抱いた次の日。自室に戻ったレオンは使っていた杖を床に投げ捨てると、乱雑にソファーに座り、喉の奥底で嗤《わら》った。

今の自分の姿に、シルヴィアには見せられない獰猛さが潜んでいることは彼自身自覚している。

チラリと床に転がった杖を見やる。『これ』を持っているだけで、彼女は『事件』の時のことを思い出し、深い罪悪感に駆られる――本当に、なんと都合の良い道具を得たのだろう。

(シルヴィアは哀れな者に弱いからね)

例えばその一つにはレオンの背中に刻まれた鞭の跡。

慈悲深い彼女に背中の傷を見せたのは当然算段があってのこと。シルヴィアが朝早く起きるようになったことが分かっていたからこそ、毎朝欠かさず聞こえるように謝罪の言葉を口にし、背中の傷痕がシルヴィアの目に入るような位置で着替えていた。

『優しい』シルヴィアは自分がどれだけ無体なことをされていようと、その相手が持つ傷に同情してしまうだろうから。だからそれを利用して悲しい過去として語ってみせたのだ。

レオンは元来、人として何かが足りていない。痛覚が鈍く、母親が振るっていた鞭だって、実のところそこまで痛いと思っていなかったし、どうだって良かった。

ただ逆らうのが面倒だから黙っていただけだというのに、あの女は擦り寄る親族の口上に何を勘違いしたのか次期当主の生母としての権力が得られるかもしれないとのぼせ上がり、スカーレット次期当主だったダニエルを亡き者にしようと計画を練っていた。

稚拙《ちせつ》で穴があり過ぎる無茶な計画に気づいた時は鼻で笑ったものだが、自分が当主になるなんて冗談じゃない。ある程度の権力を持って、影で好き勝手やっている方が性に合っている。当主としてこの先担ぎ上げられるくらいならその不穏の芽は早い内に刈り取っておかなければならない。

全てが露見した後、あの女によって痛めつけられた傷を見た先代当主は、今までやられたこと以上のことをやり返せと告げられた。

恐らくそれは養子としての私の度量をはかる為だったのだろう。仕方ない。あの女だって自分の権力の為に散々私を利用してきたのだ。であればこれからすることはお相子だ。

屈強な男に羽交締めされている女にナイフを向ければ、女は何かを叫ぶ。しかし猿轡をされている状態で声をだしてもただ単に無意味な呻《うめ》きにしかならない。

ナイフを持ったからといって女を刺すつもりはなかった。そんなことをしたら女の地獄は簡単に消えてなくなる。だから少しずつ、死なない程度に女の身体の肉を至る所から削ぎ取ってやれば、やがて先代当主は満足そうに踵《きびす》を返した。

思わぬ収穫として義兄のダニエルはレオンに多少の恩義を感じている様子だった。

この『貸し』について、当時は何とも思っていなかったのだが、結果として、私はあの時ダニエルを助けて良かった。

——彼が生きていたからこそ、シルヴィアがこの世に生を受けたのだから。

兄のダニエルに子供が生まれたと聞いた時、レオンは気まぐれに顔を見せることにした。

春に生まれたという生後三ヶ月の赤子はまだ首も据わっておらず、腕に抱くと信じられない程に軽くて、柔らかく、温かい存在で、レオンは驚かされた。

その赤子はぎこちなく自身を抱き上げるレオンに泣くどころか、柔らかく笑った。

普段打算まみれの女しか抱いていないからこそ、彼女の笑みが妙に眩しく映る。

初夏の木漏れ日が降り注ぐ日差しの下、キラキラとした表情で笑うシルヴィア。

もっとこの表情を見てみたいとレオンは無意識の内にその赤子に興味を抱いてしまったのだ。

レオンにとっても意外なことに初めてできた姪の成長を見守ることは楽しかった。

足繁く屋敷に通ったし、時には世話もしてやった。そうして関わっていく内にますます愛着が湧いてくる。大人達の身勝手な都合で王家に嫁がなければならない運命を憐れむのにも時間はかからなかった。

彼女が望んで王妃になりたいと願ったわけでもないのに、シルヴィアは物心がつく前から厳しい王妃教育を受けることになっているのだ。

何事もそつがなく優秀なシルヴィアだが、本当は最初から何もかも全てをこなせるような天才型ではなく、周囲にそう見せているだけの努力型である。

自分の努力を見せず、最初からできているフリをして優美に笑う幼い彼女の矜持は並の大人よりも高く、あでやかで眩かった。

シルヴィアの努力を初めて知った時、レオンは危うさを感じた。

どれだけボロボロになろうとも、這いつくばってでも、それを見せない気丈さは、反面、何かあった時に彼女の心が折れてしまう諸刃《もろは》の剣《つるぎ》だと直感したからだ。

だからこそレオンはシルヴィアを甘やかしたかった。公爵家の令嬢としていつも張り詰めた糸のように緊張している彼女を、自分だけは甘やかして逃げ場になってやりたかったのだ。

それで、もしも自分が甘やかしたことが原因で、シルヴィアが妃教育を止めたいと言ったり、傲慢に育って誰からも愛されなくなるとしたら、その時は自分が彼女を愛そうと思った。

シルヴィアが五歳になる頃にはそのくらいの覚悟と、叔父としては行き過ぎた愛情をレオンは抱いていた。

シルヴィアへの愛おしさが日に日に増していく。

だが就任したばかりの総帥の仕事は多忙を極めており、中々彼女に会う時間がなかった。

(いっそのこと私の住む屋敷にシルヴィアも共に住んでしまえば良いのに)

しかしながら、彼女は次期国王であるアルベルト殿下と婚約を控えている。そんな大役を担っている彼女をスカーレット公爵家が簡単に手放すはずがない。

だからレオンは代役を立てようと思った。

シルヴィアに似ている顔立ちの子供を探した結果孤児の子を引き取ることにした。どこにでも居るような野暮ったい茶色の髪は紅くなるように染めさせ、シルヴィアの言動に近くなるようにレオン自らが指導する。

しかし偽物は所詮本物にはなり得ない。

時折シルヴィアに会う度にそのことを強く実感し、虚しさだけが募る。

偽物と顔を合わせると、細かい差異が気になって仕方がない。

だってシルヴィアはレオンに対して安っぽく媚びたりしない。

常に気品のある言動を心掛けている高尚な彼女と比べてしまうと、代役の女の薄っぺらさに苛立ちさえ感じる。結局一年も経つ頃には我慢できず、口止めという意味も込めてその偽物を修道院に送ることにした。

それからは代役を探すのを止めて、シルヴィアにそっくりな人形を彼女の父から贈ってもらうことで、心の安寧を保とうとした。

けれどシルヴィアが十歳になり、アルベルト王子と婚約の顔合わせをした日から、彼女の様子が徐々に変わっていった。

明確にそれを実感したのはシルヴィアが倒れたと聞いた日だ。

レオンは部下に仕事を全て押し付けると、慌ててスカーレット公爵家まで駆けつけた。

しかしシルヴィアはそんなレオンから離れようとしたのだ。

『だ、だって……わたくし、もう十歳ですのよ。いつまでも子供のように叔父様にくっついていられませんわ』

『ありがとうございます。わたくしも叔父様のことを大切に思っていますわ。だけど、わたくしのことを思うならどうかあまり甘やかさないで欲しいの』

『だってわたくしはアルベルト殿下と婚約した立派なレディなんですから、あんまり叔父様ばかりを頼っていては殿下に対して面目次第もございませんもの』

遠回しながらも明確に自分の存在を拒絶されて、レオンは目眩《めまい》がした。

自分を遠ざけようとするシルヴィアがこの時ばかりは憎く、いつの間にかそこまで彼女に執着している事実に驚いた。

レオンの中に眠っていた激情。シルヴィアはそれをレオンを拒絶することで叩き起こしたのだ。

(シルヴィアが甘えることができる場所は私だけだ。他の誰にも奪わせてなるものか)

今更この役目をやすやすと他の誰かに渡してやる気はない。

その為ならば、何をしてでも、何を捨てても構わない。

だから時間を掛けて、奸計を図り、シルヴィアと王家の婚姻の話を無かったことにした。

全てはレオンの思い通りとなった。

しかし、王家との婚姻が破棄された今、シルヴィアは心ない親族から何を言われるか分からない。

ずっと側に居て守ってやりたかった珠玉がみすみす傷付く姿を見たくなかった。

ダニエルも同じ気持ちだからこそ、シルヴィアを陥れたのがレオンだと知りながら、彼に娘を託したのだろう。

シルヴィアは知らなかったかもしれないが、ダニエルは確かにシルヴィアを愛していた。

ただどうしようもなく不器用だったがゆえに、シルヴィアにダニエルの想いが伝わることはなく。

公爵家当主として約束された人生を歩んできた彼にとって、それが人生で最も不運な出来事だったのかもしれない。

念願叶ってシルヴィアをこの屋敷で出迎えられたあの日。実の父に切り捨てられたショックで混乱するシルヴィアを落ち着ける為に睡眠薬を口移した。

ただそれだけの行為で終わろうとしたのに彼女の口は甘く、いつまでも貪りたいとすら思った。

しかし最初にやり過ぎてしまえば、余計な警戒心を抱かせることになるだろう。

だからまずは共に暮らす『叔父』として安心させる必要があった。徹底的に自分という存在を信用させ、懐柔する為、自分の欲望をひた隠しにしなければならない。

(シルヴィアは聡いからね)

少しでも自分がよこしまなことを考えていると、あの子はどこかそれを見抜いてしまうところがある。

ゆえにレオンは自分の汚い欲望を決して見せないように心がけた。

その甲斐あって次第にシルヴィアの態度は軟化していったように思う。

そして油断した彼女が自分の前で無防備な姿を晒す度に、レオンは腹の奥底では早く彼女を喰《く》ってやりたいと欲望を煮え切らせていた。

(……成人するまでの間は私は彼女の『保護者』だ)

その約束で彼女を自分の屋敷に迎え入れた。今更その約束を破るつもりはない。

けれど、シルヴィアが成人して、一人の女性になったあかつきには、話はまた別だ。

（早く大人になると良い）

頭の中で大人になったシルヴィアを思い浮かべる。きっと彼女であれば、誰よりも美しい女に育つだろう。その瞬間をひたすらにレオンは待っていた。

なのに、シルヴィアが成人を迎えたあの日、彼女はレオンの屋敷から出ることを宣言した。

結局、シルヴィアはレオンなど居なくても当たり前のように生きていけるのだ。

（私はシルヴィアが居なければ生きていけないというのに）

更には彼女の口から結婚などというおぞましい言葉を聞いたせいで、激情に駆られた勢いのままシルヴィアを犯してしまった。

一度彼女を抱いてからは、坂を転げ落ちるかのように彼女への執心を隠すことができなくなった。

◇

◆

◇

（あの女も生かしておいて良かったな）

光が差さない僻地の地下室に幽閉されて徐々に気が狂った母親が、アルベルト殿下の話に乗って、この屋敷にやってくることはハナから分かっていた。

だからレオンはアルベルトの計画を利用し、二人を引き合わせる為の算段を立てた。

シルヴィアを屋敷に引き止めるのに、背中の傷くらいの同情では弱い。

優しい彼女がレオンから離れないようにする為の絶対的な決め手。

それがおあつらえ向きに飛び込んできたのだ。利用する以外ないだろう。

だからシルヴィアが逃亡しようと思えるくらいの警備の隙をあえて作り、隣国に遠征に行くということにしておいた。

レイラが忍び込むであろう経路を全て想定し、そこから少し離れた場所に使用人達が居るように配備する。

そうして最初から二人が鉢合わせするように仕組んだ後で、レイラがナイフを振りかざすその瞬間を待っていた。

レオンは仮にも一国の騎士を纏《まと》める総帥だ。

訓練をしていない女が適当に振り回すナイフを避けるくらい、目を瞑《つむ》ってでもできる。

それをあえて、あの女に刺されてやることで、レオンはシルヴィアに罪悪感を植え付けることにまんまと成功した。

アルベルト王太子殿下が計画に加担したことで、王家はますますスカーレット公爵家に頭が上がらなくなった。

そしてアルベルト殿下が起こした計画を秘密にしておくことで、王城での政争にも勝ち、目障りなヴァイオレット公爵家も失脚させた。

スカーレット公爵家にとっての功労者である自分に意見を言える一族の人間など、今となっては誰も居ない――それはたとえシルヴィアの父であるスカーレット公爵家現当主であってもだ。

けれどレオンが望んだのはささやかなことだ。

愛する人との結婚。たったそれだけのこと。

秘されている血縁関係を明らかにし、正々堂々とシルヴィアを妻にする。

その願いを邪魔するのならば、誰であろうと容赦するつもりはない。

(優しい優しいシルヴィア。この先きみからその優しさをもらえるのは私だけにしておくれ……。私のような不埒《ふらち》な考えを抱く者が他に現れでもしたら、また排除しなければならなくなるからね)

グラスに入った酒を飲み干して、勝利の味に酔いしれる。うっとりと微笑むレオンの脳裏に過ぎるのはシルヴィアの笑顔。

(たとえこの先、私の汚い執着を知られて彼女が私を嫌う未来になったとしても、決して逃がさない。だからヴィー。きみはずっとずっと私と一緒だ)

番外編　悪役令嬢だってたまにはやり返したい

レオンと想いが通じ合って一年。わたし達は正式に婚姻を結び、夫婦になった。関係が変わっても相変わらず彼はわたしを愛してくれていて、その熱量は膨れ上がるばかりだ。

だからこそ、最近のわたしにはある欲が湧き上がってきた。それは……

(わたしばかりが、いつもレオンに翻弄されて悔しい)

たまにはわたしが彼を翻弄してみたい。

彼の余裕がなくなった顔を見てみたい。

(だけど、どうしたら良いの?)

ひと月程前にこっそり彼が飲むお茶に媚薬を混ぜたこともある。けれど、すぐにそれは見抜かれ、挙句の果てにわたしが飲むことになった。

盛大に快楽に溺れた時の出来事を思い出して、顔に熱が集まる。

(……かといって、わたしが口でしようとするとやんわりと止められるものね)

口での奉仕をしようとすると、決まってレオンは「私がシルヴィアを味わいたい」と言って、反対にわたしの秘所をねっとりと舐め上げるのだ。

弱い陰核に吸いつかれては、何度達しても彼が満足するまで執拗に口で責め立てられる。

甘い拷問のような時間に、いつも最後には何度も赦しを乞うことになる。

なのに彼は「何をシルヴィアが謝る必要があるんだい？」と言って、謝罪を一蹴し、わたしの頭がおかしくなりそうな程に、執拗に嬲《なぶ》り続けるのだ。

そんなふうに身も世もなく悶えて、彼に泣いて縋《すが》ったのは最近だとほんの二週間も前の出来事である。

喉元過ぎ去ればなんとやら。またリベンジしたいと思うけれど、妙案が出てこない。

（大体わたしとレオンじゃ異性に対しての経験値が全然違うもの）

レオンだけしか知らないわたしと百戦錬磨のレオンでは鼻から勝てるわけがない。

であればこそ、何か対策が必要となってくる。

（たとえば、わたしからレオンを誘惑するとか？　だけど誘惑ってそんなのどうするの？）

分からない。経験値が足りなさ過ぎる。

そもそもレオンはわたしが誘惑したところでそれに乗ってくれるのだろうか。仮に乗ってくれたとしてもわたしが主体にならなければ、意味がないのではないのか。

（……うーん。露出の多いネグリジェでも着て、誘ってみるとか？）

結局は安直な発想しか思い浮かばない。しかしただ服を変えたところで、本当に効果があるのか。そもそも異性に見せることを前提とした服が屋敷にあるのかも分からない。

（まずはネグリジェがあるか探してみよう）

わたしの着る服は全てレオンが購入し、管理までしている。日頃、彼の望み通りの服を用意されるがままに着用している為、衣装部屋に行ったことが殆《ほとん》どない。だから、どんな服があるのか調べる為にも、実際に足を運んでみようと思った。

（だってさすがに使用人に夜の衣装の相談なんてできないもの）

そうと決めたら早速、メイドにはこの前レオンが購入したドレスをゆっくりと見たいのだという名目を伝えて、一人で衣装部屋に入る。

広い室内にもかかわらず、所狭しにドレスが並んでいて圧巻の光景だ。

（けれどレオンを『誘惑』するにはまた目的が違うのよね）

豪奢なドレスでどれも素晴らしいものだ。しかしわたしの目的はあくまで彼を悩殺できるような衣装を探すこと。だから露出の多い衣装を探そうと思ったのだけれど、これが中々見つからない。

（いっそのことレオンには内緒で、自分で買ってみようかしら？）

だけど勘の鋭いレオンを相手に秘密事なんか持てようはずもない。それに結婚したとはいえ、ここは彼の牙城だ。いくら使用人達に口止めしたところで、わたしの行動なんか筒抜けになることだろう。であれば、不用意に動くのは得策ではない。

（だってわたしはあくまでレオンに悦《よろこ》んで欲しいだけなんだもの）

その目的を果たす為に彼の不安を煽るのは本末転倒だ。

とりあえず、下着だけでもセクシーな物はないだろうかと、チェストの引き出しを上から開けていくが結果は芳《かんば》しくない。

（仕方ない、か）

衣装がないのであれば、作戦を変えれば良い。しかしあのレオンを手玉に取るのは相当難しいことになるだろう。

諦めて部屋のベッドで横になる。するとベッド近くに置いてあるチェストが目に留まった。

(まぁ、どうせ何もないのでしょうけれど……)

アンティーク調の可愛らしい引き出しは殆《ほとん》ど使っておらず、ただそこにある物としてオブジェと化していた。

チェスト自体に問題があるわけではなく、単純にかつての淫夢でわたしがレオンの元から逃げ出そうとした時に、宝石の嵌《は》め込まれた張り型が収まっていたのと似たデザインだったため、なんとなく躊躇《ためら》いがあって避けていたのだ。

少し抵抗を感じつつも、そんなチェストの一番上の引き出しを開ける。

そこには何もなく、淫らな夢のことを思い出していたからこそ、拍子抜けした気分だ。

所詮、夢は夢。まぁどうせ何も入っていないだろうと思いながらも、二段目と三段目も開けてみる。

「え……?」

三段目に入っていたのはふんだんにレース飾りがついた白い下着。しかしそのデザインはいわゆるオープンクロッチになっており、それを身に付ければ、胸の中心や秘部が丸見えの状態となる。

「なんでこんな物が……!」

顔を真っ赤にして下着をチェストにしまい込む。目にするのも憚《はばか》られる程の卑猥な下着。それが夫婦の寝室にあるということは、用意したのはレオンに違いない。

「わたしがこれを着るのをレオンが望んでいるというの？」

着用した姿を頭に思い描き、そして羞恥で下唇を強く噛みしめる。自分が探していたものよりも、淫猥《いんわい》で夜の用途に特化した下着。裸で居るよりも恥ずかしいのではないかとすら思うそれを自ら身に付けるのは中々に勇気がいる。

だけど、もしこれを着たとしたら、レオンはどのような反応をするのだろう。

（だって普段のわたしだったら、間違いなくこんなもの着ないもの）

下手をしたら見つけた時点でこっそりと捨ててしまうかもしれない。しかし、彼から情事の主導権を取ろうとしている今ならば……着用するか否かを考えて頭を抱える。

思い悩んだまま、恐る恐るもう一度チェストを開け、下着を取り出す。

繊細なレース、滑らかな生地は紛《まぎ》れもなく高価なものであろう。ゴクリと息を呑み込んで、ベッドにその下着を広げ、そして本当に着るべきかどうか葛藤する。

（けれど、ただこの下着を身に付けたところで、レオンに主導権を握られてしまうだけだわ）

受け身になっているだけでは間違いなく彼に美味しく頂かれる。

だからこそ、大胆に彼を誘い込む必要があるわけだけれど……

（一体どうしたら）

再び頭を悩ませ、部屋をグルグルと歩き回って考える。

そして閃《ひらめ》いたのは前世、インターネットで知ったいかがわしい夜のマッサージ屋さん。

詳しいことは知らないけれど、セクシーな衣装を着て、アロマオイルを用いて、男性を性的にマッサージするのだと聞く。

幸いにも部屋にはわたしが使っているボディ用の香油がある。肌の保湿を目的にした物なので、マッサージ用にしても害はないはずだ。これを今夜使ってみるのはどうだろうか。

◇◆◇

夕食後。入浴を終えて、例の下着を身に付けていく。

今日はレオンの帰りが遅いらしく、ゆっくりと心の準備をすることができる。

(だけど本当に上手くいくのかしら?)

未だ照れる気持ちが強く、布団の中に包まっている状態だ。

今ならば、また間に合う。いつもの夜着に着替えて、大人しく彼の帰りを待った方が余計な失敗をしなくて済むのではないかと考える。

(だってこの下着、想像していたよりも布の面積が少ないのだもの)

胸を覆う布は小さく、下乳が丸出しになり、ショーツの部分はお尻を覆う部分が紐になっていて、Tバックの状態だ。

(……嗚呼。なんて破廉恥なものを身に付けているの)

自分の行動ゆえのことだけれど、一度冷静になると尚更強い羞恥が襲い掛かる。

「やっぱり駄目。今から着替え直そう」

そうしてガバリと勢い良く、自ら布団を剥ぎ取ったタイミングで、部屋の扉が開いた。

「あ……」

「シルヴィア？」

「み、見ないで」

慌てて布団に潜り込んだところで、もう遅い。

リハビリのお陰で杖を付かずとも問題なく歩けるようになったレオンは、長い足であっという間にベッドまで距離を詰める。腰を降ろした彼はもう一度わたしの名を呼ぶ。

「シルヴィア。お願いだ。出てきておくれ」

「だって、その……やっぱり恥ずかしいです。わたくしの姿、見てしまったでしょう？」

「ああ。確かに見た。けれど、それは私の為に着てくれたものだろう？　だったらもう一度見たいと思うのはいけないことかい？」

彼の嘆願に顔を出すと、身体は布団に包まれたまま、彼の膝に抱かれる。

なんとなく彼の顔が見れなくて、そのまま俯《うつむ》いていると額に何度も短いキスを送られた。

（なんでいざとなったら尻込みしちゃうの）

矛盾した行動ばかり取る自分が情けなくて仕方がない。布団で身体を隠していたい気持ちと、ここまできたのだから当初の計画通りにことを進めようかと悩む気持ち。

その葛藤を彼は静かに見守り、やがてわたしは決断を下した。

「あの、レオン。……本当に、さっきの姿を見たい？」

「ああ、勿論」

「こんなふしだらな格好をしていても嫌いにならない？」

「いつかシルヴィアに着てほしいと私が用意したものだ――もっとも、何かあった時の仕置き用にと考えていたのだけど。シルヴィアは私を喜ばせようとその下着を身に着けてくれただけだろう？」

彼の言葉にこくりと頷いて、強く握りしめていた布団を自ら剥ぎ取っていく。

改めて彼の眼前に曝《さら》け出した無防備な姿。

わたしの格好を見てレオンはどう思っているのだろうか。

「……レオン。何か言って」

「今私が思うがままに言葉にしたら、不埒《ふらち》な感想ばかりで可愛い妻を怯えさせてしまいそうだからつい自重してしまった」

「もう。そんなにふしだらなことを考えてらしたの？」

「男なんか愛する人の前ではただの獣《けだもの》だよ。きみだって知っているじゃないか」

下腹部を撫でられて、子宮が疼《うず》く。毎晩彼の手によって調教された身体は艶《つや》めいた空気を敏感に感じ取り、それを期待する。

だけど、今夜はわたしが彼の手綱を握ってみたい。

「――ねぇ、レオン。お仕事で疲れたでしょう？　今夜はわたくしがマッサージしてあげたいのだけれど……」

「おや、良いのかい？　最近では書類仕事しかしていないから、すっかり肩が凝ってしまっていてね。任せても良いだろうか？」

「ええ。勿論」

大袈裟な仕草で溜息を吐き出して、肩を回してみせるレオンだが、彼の顔には全くと言っていい程疲労が滲《にじ》み出ていない。わたしがどう出るか試して、遊んでいるのだと思うとやはり彼の余裕を剥ぎ取りたくなる。

自分から彼の唇に短く口付けて、彼の軍服を脱がせていく。

初めの頃に比べて、彼の服を脱がせるのには随分と慣れたものだ。上半身だけを裸の状態にさせ、ベッドにうつぶせになってもらう。そしてサイドテーブルに置いておいた香油を持ち上げ、瓶の蓋を開けると、手が滑って自分の胸の谷間に香油がたらりと垂れてしまった。

「あ……」

「どうかしたかい？」

「いいえ！　なんでもないわ」

てらてらと濡れた胸は妙にいやらしいけれど、幸いレオンはうつぶせの状態なので、わたしの失敗を知られずに済んだ。

そのことに安堵しながら胸に溢《こぼ》れた香油を掬《すく》って、手で温める。ぬるぬると手の内でもみ込んでから、十分に温まったところで、彼の首筋から肩に薄く塗っていく。

きちんと塗り広げたくて逞《たくま》しく鍛えられた彼の身体に乗り上げたところで、ショーツに穴が空いているせいでどうしても陰裂が彼の肌に密着してしまうことに気が付いた。

慌てて腰を浮かせて、揉み込む場所から近いシーツの上に腰を降ろし直す。

やがてオイルに濡れた彼の身体が艶《なまめ》かしく輝くが、それよりもわたしが目を奪われたのはやはり背中にある古い傷跡と、そして真新しい引っ掻き傷だ。

引っ掻いた場所を柔らかくなぞると、彼が浅く息を吐いた。

「……痛かった？」

「いいや。痛くはないよ」

「……こんなに傷を付けてしまってごめんなさい」

「男の勲章というやつだよ。それよりも、マッサージをしてくれるのだろう？」

わたしの手を自分の肩に誘導させ、今度はしっかりと揉み込むように指示をする。

しかし香油を垂らしたことにより触れ合う肌がぬるぬると滑って、思いの外《ほか》、力が入りにくい。

それに騎士団を率いている彼の身体はしなやかな筋肉が付いており、指先に力を込めたところで固い筋肉に阻まれ、上手く揉み込むことができなかった。

（そもそも本当にこれが正しいオイルマッサージの仕方なの？）

正しいオイルマッサージの仕方なんか調べたことがないから、分からない。けれど、ただ肩を揉むだけでは、到底いやらしい展開にならないことには薄々勘づいていた。

（いっそのことまだ脱いでいないズボンも脱がせる？　けれど、オイルでベタベタになった手で触ったらシミになって使い物にならなくなるんじゃ？）

叶うなら前世に戻ってスマホで調べ直したい。そんなことはもちろんできないので、丹念にほぐしていくしかない。

「少し私の上に乗って、揉んでもらってもいいかな？　多分そちらの方がシルヴィアも力が込めやすいと思う」

「……分かりました」

彼の提案はもっともだ。けれどそうなると、ショーツに開いた穴により剥き出しになった場所が彼の背に密着してしまう。

だから腰を少し浮かせたのに、彼はそれが違う理由だと思ったらしい。

「シルヴィア。私に跨《また》るのを遠慮しなくて良いんだよ」

「けれど……」

「もしかして体重のことでも気にしているのかい？　だったら大丈夫。ヴィーは軽いくらいなんだから、さっきみたいに腰を下ろして。そうでないときみもやり辛いだろう」

あくまでわたしを案ずるレオンの優しさが眩しく映り、結局事実を告げられないまま、彼の背中に再び跨《また》った。

「……ふ」

「続けて」

自身の重みで陰核が直接彼の背に擦れ、つい声を出してしまう。しかし彼はそれに気付いていない様子でマッサージの続きを促した。

気にしないように意識しながら、体重を掛けて彼の肩や背を揉み込む。それを繰り返しているうちにわたしが身じろぎするたびに陰核が擦れ、合わさった部分からはニチャリといやらしい音が鳴り、静かな室内に響きだした。

「……ねぇ、なんだかマッサージをしている側のシルヴィアの方が気持ち良くなっているのではないかな？」

「ち、違います。そんなことありません！」

図星を刺されたことに焦りが増し、早口で捲し立てる。すると彼は後ろ手を使って、ショーツの開いていた穴から悪戯に陰裂をなぞった。

「おや。なんだか濡れているようだけれど」

「これは、その、香油です」

言い訳しつつも、自分でも本当に香油かどうか疑わしいと思っている。だから、言葉尻の最後の方は消えそうな程に小さい。

「本当に？」

「……あ……っ」

上半身を浮かせた彼は身体を捻ると、器用にわたしを自身の身体から降ろし、向かい合わせの体勢で膝に座らせてしまった。

レオンの鍛え上げられた腹筋に穴の開いた下着が密着して、更には指で陰核を摘み上げられるものだから、想定していなかった突然の刺激に淫《みだ》らに甘い声が口から溢《こぼ》れ出た。

「ほら、やっぱり。きみの下の口からいやらしい音が聞こえるよ」

彼が指を動かす度に腰が揺れ、くちくちとした水音が鼓膜を責める。

わざといやらしい音を立てられている羞恥から、目が潤む。

「……叔父様の意地悪」

「だってきみが素直にならないから。それにしてもシルヴィアは本当に淫《みだ》らに育ったね。触ってもいない乳首が、もうすっかり立ち上がっているじゃないか」

「ひっ……ん」

気まぐれに乳首を指先で弾かれると、香油でぬるついているせいか、その刺激がいつもよりも尚、甘く感じる。

「胸に香油が垂れていて、すごく淫靡《いんび》だね」

わたしがどれだけいやらしいことをしているか思い知らせるように、耳を喰《は》み、直接息を吹き掛ける。もじもじと足を擦り合わせれば、彼の下履に愛液が滴り落ち、いやらしいシミを作った。

「あんまり恥ずかしいことばかり言わないでくださいまし……」

彼の胸に顔を埋めて、赤くなった頬を隠す。レオンはわたしの背を柔らかく叩き、そしてシーツの上に転がっていた香油の瓶を手に取った。

彼の大きな手に大量の香油が流れ出る。レオンはそれを両手で擦り合わせて温めてから、そっとわたしの胸を包み込んだ。

「今度は私がシルヴィアを揉んであげよう」

「いいえ、わたくしは良いの……あっ」

楽しそうに口角を上げ、緩急を付けながら不埒《ふらち》な下着の上から乳房を揉み込まれる。下着に開いている隙間から、すっかり立ち上がった乳首を摘み、指の腹で転がされて、過ぎる快楽に背筋を震わせた。

「きみの胸はや柔らかくしっとりと手に吸い付いて、いつまでも触れたくなる。それにしても香油で濡れたシルヴィアの肌はより淫猥《いんわい》に輝いているね。男を誘っているのかな」

頭が痺れる程の快楽を前にレオンの背にしがみ付く。

「ひっ、ああっ……」

「胸をどうされるのがシルヴィアは一番気持ち良い？」

「……爪の、先で、引っ掻かれるの」

以前この質問に答えなかったことが原因で、どこが良いか分かるまで試してみようかと思い付く限りに胸を虐め抜かれたことがある。

甘く、容赦のない拷問により、彼の前ではたとえどれだけ淫《みだ》らなことであろうと隠し事をしない方が良いと理解《わか》らせられた。

だから素直に答えたのだが……彼が引っ掻いたのは胸の先ではなく、陰核の方だった。

「あああっ……！」

予想していない刺激に頭が真っ白になる。カリカリと、整えられた爪の硬い部分で甚振《いたぶ》られて、それに耐えるように精一杯の力で彼の肩にしがみ付く。そうすると尖った胸が彼の先が彼の肌に密着し、自分から刺激を与える形になってしまった。

「私の妻は実にいやらしいね。そんなに胸を触られたいのかい？」

違う。分かっているくせに意地悪く聞かないでほしいと勢い良く首を横に振る。けれどその振動で胸までが卑猥に揺れ、一層男を誘い込むような動きになってしまう。

「止めてっ……カリカリ、しないでぇっ！」

未だ甚振《いたぶ》られる陰核からは彼が手に垂らした香油も相まって、淫《みだ》らな音が鳴り響く。

「でもなんだかシルヴィアも気持ち良さようにしているじゃないか。ここもこんなに膨れ上がって。興奮しているのかな？」

指の腹で優しく押され、嬲《なぶ》られたせいで肥大した花芯を摘み上げて、扱かれる。大きな官能に耐えきれず、涙が溢《こぼ》れた。

「ゆるしてっ、もぉ、むり……！」

激し過ぎる愛撫に涙を流して、赦しを乞う。しかし彼はわたしが乱れれば乱れる程に嬉しそうに頬を緩めただけだった。

「大丈夫。そのまま快楽に身を委《ゆだ》ねなさい」

蕩《とろ》ける程に甘い声でわたしの訴えを一蹴し、更には空いた手で再び胸を揉まれて責め立てられる。

彼の大きな手で好き勝手に形を変える豊満な乳房はひどく淫靡《いんび》で、自身の目から見ても艶《なまめ》かしく映った。

クチュクチュと淫猥《いんわい》な音と共に秘所を弄《いじ》られながら、過ぎる快楽に逃げそうな腰をがっしりと抱かれる。胸の先は指の責め苦がなくなった代わりに舌で舐められて、花芯はなだめるように優しく転がされた。

「ぁあっ……ひ、ぃ……んっ」

重なり合った快楽の情報に脳が混乱し、頭が真っ白になる。今のわたしにできるのはただ彼の背に縋《すが》って、激しく喘ぐことだけ。

「ヴィー。きみは本当に可愛い。叶うならば、きみが快楽に蕩《とろ》ける姿をずっと見ていたい。嗚呼。なんて愛おしいのだろう」

熱を帯びる彼の囁《ささや》きに応えるように、わたしも一層彼の背を強く抱き締める。

レオンによっていやらしく花開いた身体は今やすっかり鋭敏になり、彼の声や香りにすら反応を示す。

発情したわたしの様子に彼が満足そうに微笑う気配がして、花心を捏ねていた指が、きゅうっとその場所を摘まみ上げた。突然の強い刺激に、わたしの薄い腹がびくびくと波打つ。

「ひ、ゃああ」

声にならない声を上げて、絶頂する。

しばらくの空白の後、乱れた息をどうにか整えようとしたその矢先。蜜口に指が入り込んだ。

「凄いな。もうこんなに蕩《とろ》けさせているじゃないか。これでは私が指で慣らさずとも、すんなりと受け入れてくれそうだ」

指を動かされる度に腰が淫《みだ》らに揺れてしまう。その動きはレオンが時々からかうように、まさしく男を誘い込もうとする雌のものだ。

けれど、このまま快楽に流されてしまえば、主導権を握るという当初の目的を果たすことができない。そうなると一体なんの為にこんな淫《みだ》らな格好をしたのか。

欲望を押し込めたわたしは今夜こそは流されまいと覚悟を決めて彼を呼んだ。

「レオン……」

「なんだい？」

「その……今夜はわたくしからも、奉仕したいと思っているの……」

潤んだ瞳で見上げる。そうすると腰の辺りに当たる彼の屹立《きつりつ》の硬さが増したような気がした。

「シルヴィアがそう言ってくれるのは嬉しいのだけれど、私はやはり快楽に蕩《とろ》けたシルヴィアの姿が見たいんだ」

「レオン……」

「だってほら。私が指を少し動かすだけで、シルヴィアはすぐに可愛らしく鳴いてくれるだろう？それを見るのは私にとって最上の喜びなんだ」

その言葉と共に陰裂に入った指がやわやわと動き出す。ざらついた、わたしの良い所を長い指でなぞられると、愛液がまた溢《こぼ》れ出る。

「ん……ぁ」

「凄いな。どんどん溢《あふ》れ出て、私の指があっという間にふやけてしまいそうだ」

指を一本、二本と増やされるごとに、媚肉が疼《うず》いて彼の熱いモノを受け入れたいと思う気持ちが強くなる。もどかしさすら感じて、腰を動かして、更に深い所まで彼の指を当てようと淫《みだ》らにもがく。

「……いつも、わたくしばかりが乱れていてっ……恥ずかしい」

「男としてはそれが誇らしいが、シルヴィアは違うのかな？」

ナカを掻き回して蹂躙《じゅうりん》していた指の動きが止まり、コツリと額を合わせられる。わたしは、はふはふと犬のように浅い息を吐き出しながら自分の思いを告げた。

「わたくしは、その…、たまにはレオンが乱れているところが見てみたい」

「愛しいヴィーと居るだけで、私の情緒は大分乱されていると思うが」

「……話を変えようとしないでください。わたくしだってレオンを満足させてみたいのです」

「具体的にはどうやって？」

意地悪くレオンが口の端を歪めたのは、わざとわたしに恥ずかしい言葉を吐き出させて、その行為に尻込みするように仕向けようとしているからなのだろう。

「えっと、舌で舐めたりとか……」

「舐めるだけかい？」

余裕そうな表情が悔しい。お子様扱いされているのだと思うと悔しくて、どうにか彼の意表を突けないか考える。

「……それから、わたくしの胸でレオンの屹立《きつりつ》を挟んで舐め上げるというのは？」

「は？　そんなこと、一体誰に教わったんだい？」

名案だとばかりに顔を輝かせると、珍しくレオンが狼狽《うろた》える。

「……誰でも良いじゃありませんか」

前世の十八禁ゲームの知識だ。そんな情報言える訳がなくて、気まずさから顔を逸らす。

「シルヴィア。大事な話をしている時はきちんと相手の目を見なさい」

顎を掴まれて、視線を固定される。だけど結婚までしておいて、未だに『保護者』のように振舞うレオンに対し、なんだか反抗的な気持ちがムクムクと湧き上がっていく。

「……ねぇ、旦那様。妻であるわたくしがこの胸で貴方を悦《よろこ》ばせようと思っているのに、不服なの？」

滅多に口にしない彼への呼び名。それを口にして、挑発的に髪を掻き上げると、唇を濡らすために舌でちろりと舐めて、流し目で彼を見やった。

それから未だ身に纏《まと》っているスラックスの上から、誘い込むように彼の怒張を撫で上げる。既に硬くなっているその場所を何度か往復すると彼の浅い吐息が耳を擽《くすぐ》った。

「ヴィー……！」

らしくなく、早口にわたしを呼ぶ彼の声が愛おしい。

「たまにはわたくしに身を預けるのはどうかしら？」

色っぽく見えるように意識して、片目を瞑《つむ》る。レオンが思案している内に下履きを緩める。

既に勃ち切った怒張は大きく、実際に目の当たりにするとたじろぎそうになるが、それをどうにか押し隠す。

（こんな大きなものが今まで何度もわたしのナカに入っていたの？）

まじまじと彼のイキり勃った剛直を見やる。けれど、躊躇《ためら》ったのはほんの数瞬。覚悟は決まっているのだからと、身を屈《かが》めた。

怒張の先端に短いキスを何度か送り、その感触に慣れてからゆっくりと舌で舐《ねぶ》った。

わたしが触れる度に反応するそれを段々愛おしくすら思い、そっと口内に含み入れてみる。

しかし、大きな怒張を全て口内に含むことはできず、入らなかった下の部分は先程の宣言通りにむっちりとした胸で挟むことにした。

「……ああ、シルヴィア。上手だね」

褒めるようにして柔らかくわたしの髪をレオンが撫でる。けれどその声はいつもの余裕がなく、息を張り詰めている。

(レオンも感じてくれているのね)

初めて行う奉仕に反応しなかったらどうしようかと思い悩んでいたから、悦《よろこ》んでくれて良かったと思う。チロチロと先端の窪《くぼ》みを吸い込んで、香油にまみれた豊満な胸を更に密着させて挟み込むと彼の雄がさらに膨らんだ。

「ん……ふ……んん」

頬いっぱいに怒張を咥《くわ》え込んでいるから苦しさもある。

だけどそれ以上に愛しい人がわたしに反応してくれていることが嬉しくて、懸命に怒張を頬張った。自身の舌と唇が響かせている粘着質な音。

時折、彼の陰嚢までをやわやわと揉み込めば、切っ先から苦い蜜が滲《にじ》み出てきた。舌の先でその穴をちろちろと舐めてから、亀頭を一際強く吸い込んだ。

「……っ、シルヴィア、出るよ」

レオンは興奮した様子でわたしの頭を掴み、怒張した屹立《きつりつ》を口に深く咥《くわ》え込まさせた。苦しくて辛いのに、彼が悦《よろこ》んでいるのが直接伝わる嬉しさから懸命に口を窄《すぼ》ませて、彼の雄にしゃぶりつく。やがて迸《ほとばし》る体液がわたしの喉の奥に絡み付き、ゴクリとそれを飲み込んだ。

「ん……っ」

「まさか全部飲んだのか？」

口から陰茎が抜き取られたことでようやく酸素が入り込む。涙目で咽《む》せながらも彼の質問に答える為にそっと頷く。

「……だって、レオンのものですから」

苦くて独特は味はしたけれど、彼のものならばなんだって愛おしい。小さく溢《こぼ》した本音にレオンは興奮した様子でわたしをまた膝上に抱き抱え、指を陰裂にねじこんだ。

「舐めていただけなのに、先程よりも濡れているね。もしかして、私のモノが自分のナカに入った時のことを想像したのかな？」

クツクツの喉の奥で笑いを噛み締めて内心を言い当てるような質問をするレオンに、被虐心が擽《くすぐ》られ、欲情が募っていくのを肌で感じた。

目的を果たした私は媚びるように彼の腰に足を絡ませる。密着する互いの肌が汗と香油でしとどに濡れていて、ひどく淫靡《いんび》だった。

「は……ぁんッ」

奥のざらついた場所を指で擦られると、背中をしならせて悦《よろこ》ぶ。早くレオンが欲しい。レオンで感じたいと心が叫び、下腹部が疼《うず》いて止まない。

「本当に淫《みだ》らに育ったものだね」

「レオンが、っ……そう教え込んだのでしょう？」

「ああ。そうだね」

指を引き抜かれると、名残惜しそうに媚肉が蠢《うごめ》いた。その場所に、ゆっくりと彼の屹立《きつりつ》が埋め込まれていく。

「ひぁああっ」

じれったい動きに嬌声《きょうせい》を上げながら、自分から腰を落として彼のモノを誘い込む。すっかり熟れた媚肉は離すものかといわんばかりにきゅうきゅうと彼のモノを締め付けた。

「相変わらず、美味しそうに私のモノを咥《くわ》え込むじゃないか」

欲望を打ち付けるようにして腰を動かす度に、たわわに実った胸も揺れていく。汗と香油、そして体液で濡れた乳房を摘まれると快楽で思考が蕩《とろ》けていくようだ。

「……レオ、ン……っ！」

室内に響き渡る激しい打擲《ちょうちゃく》音。次第に早くなるそれは間違いなくレオンが興奮している証拠だ。

嬉しくなって彼の背中にしがみ付けば、胸を押し付ける形になる。

「……あまり甘い声で私を煽らないでおくれ。どうにも今日は余裕がない、っ」

眉根を寄せているのは欲を放つのを我慢しているからか。それを見たわたしは、いつもされるお返しにと彼の耳朶《じだ》に甘く息を吹き掛けた。

「わたくしだって……たまにはレオンの余裕のない姿が見たいんですもの」

「……くっ。これだからシルヴィアは……！」

尻を強く掴まれて、ばちゅんと最奥まで叩き落とされる。何事かと脳が理解するよりも先に、獣のように激しい律動が始まった。激しい快楽に口の端からだらしなく唾液が溢《こぼ》れるがそれを拭う余裕さえない。

「きもち、い」

本能のままに想いを伝え、ふしだらにわたし自身も腰を揺らす。足の爪先は快感を示すように丸まり、強い刺激に目の前がチカチカと閃光が迸《ほとばし》る。再び膨れ上がる彼の陰茎。視界が激しく上下に揺れ、眦《まなじり》には生理的な涙が伝う。それでも、同時に絶頂できるのだと思うと嬉しくて、蜜口に挿入された彼の雄を、その形を頭に思い浮かべながら締め付けた。

「シルヴィア、シルヴィア」

自分を求めて名前を呼ぶ彼の声が愛しい。

その想いに呼応するようにわたしも彼の名を何度も呼ぶ。

「レオン、すき、っ」

「ああ。シルヴィア。私もだ。誰よりもきみを、ヴィーを、愛しているよ」

膨れ上がった陰茎で最奥を突かれ、同時に絶頂を迎える。レオンを受け入れていたナカが小刻みに痙攣《けいれん》し、放たれた熱い体液を流すまいと収縮する。

お互いに脱力したままそれでも抱きしめ合うのはひどく幸福で、逞《たくま》しい彼の胸に頭を預けると、わたしはふにゃりと頬を緩めた。

「あいしてる」

心地良い倦怠感《けんたいかん》に浸りながら、眠気で舌足らずになった口で想いを伝える。

とろとろと瞼《まぶた》が下りる直前、レオンの顔を見やれば、彼はこちらが蕩《とろ》けそうな程に甘い笑みを浮かべていた。

「……私も愛している。ずっと、ずっと……。たとえこの先、シルヴィアがどんなに嫌がろうと離してやるものか」

時折レオンがわたしに見せる執着の片鱗。

今となってはそれすらも愛おしく思うのだから、恋というのは難儀なものだ。

「でしたらわたくしは明日も明後日も、ずっとずっと愛する旦那様と一緒に居られますわね」

眠る直前の答え。それにレオンは目を丸くして驚き、やがて破顔したのだった。

番外編

悪役令嬢はバッドエンドから逃げられない

【ifルート　もしもシルヴィアが記憶を取り戻すのが遅かったら】

「嗚呼、なんてこと……！」

断罪パーティーの前夜。

眠ろうとベッドに入ろうとしたその矢先に、わたしは前世の記憶を取り戻してしまった。

（よりにもよってなんで今更、記憶を取り戻すのよ！）

布団を握り締める力は強い。だってわたしは既に、原作通りの『シルヴィア』として生きてきてしまったのだ。

高慢で鼻持ちならない、誰からも嫌われている悪役令嬢。

ミハエルルートに入ったヒロインのことはしっかりと苛め抜いたし、婚約者であるアルベルトからは既に愛想が尽かされている。兄も弟もわたしから距離を置き、家族間の交流はすっかり途絶えている。

わたしに積極的に関わろうとするのは叔父であるレオンだけ。

彼だけがわたしをべたべたに甘やかしてくれていたのだ。

（けれどレオンは……）

『シルヴィア』に対して異常な程に執着心を抱いている。

そのことを思い出すとぶるりと背筋に寒気が走った。

（……とにかく今夜の間になんとかするしかないわ！）

このままでは明日の断罪イベント後、ミハエルの手によってわたしはレオンに引き渡されて、そのまま犯されることになる。

実際にわたしは『シルヴィア』としてヒロインを後先考えず苛めてきたのだ。証拠を得るのはどれ程容易いことだろうか。

間近に迫っている身の破滅。その恐ろしさに、血の気が引いていく。

（逃げなきゃ……）

フラフラとベッドから降りて、床に座り込む。

逃げると言ってもこの先どうやって生きていけば良いのかは分からない。

これまでの自分の言動のせいで、助けてくれる人なんか誰も居ないし、行くあてもない。

公爵家の令嬢として、マナーくらいならば人に教えられるかもしれないが、評判が悪く、周囲からも孤立しているわたしを雇ってくれる家はないだろう。

（わたしって本当に何もできないのね）

ここまでないない尽くしだと逆に小気味が良くて乾いた笑いが出てくる。

この世界での庶民としての生活の仕方が分からないわたしが町で暮らしたところで、常識外れな女として周りから浮いてしまうだけだろう。

けれどいつまでもまごついていられない。悩んだところでどうせわたしの未来は暗いのだ。

ここで立ち上がらなくて、いつ立ち上がるというのか。

自分に喝を入れて、部屋を物色した。

支払いなんてしたことがない今のわたしには手持ちのお金などない。

手始めに換金できるようにとお気に入りの宝石が入っている箱から中身をいくつか取り出して、小袋かハンカチでも見つけた後でいつでも持ち出せるように机に置いておく。

我ながら不用心だと思うけれど、使用人も含めてこんな時間に誰も訪ねて来ないだろう。警備はしっかりしているから外部からの侵入はまず難しいだろうし、うちで働く使用人は身元もハッキリしている。公爵家に睨まれてまで盗みを働こうという人物は居ないはずだ。

とりあえず今は逃亡の準備を済ませてしまいたい。

まずは城下で目立たないような地味な服を探しに衣装部屋へ行くことに決めた。

(大丈夫。前世だって庶民として生きてきたじゃない。推しに貢ぐ為に接客業のバイトだってしてきたんだから、食堂とかを中心に住み込みで働けそうなところを探してみよう)

不安で押し潰されそうな気持ちをなんとか前に向かせるべく、景気付けに鼻歌を交えながら、部屋の扉を開けようとしたのだが……

「おや、シルヴィア。こんな夜更けにどこに行くんだね?」

「……っ!」

開けた途端、他でもないレオンとかち合った。

(なんで、部屋の前にレオンが立って居るのよ)

ここは公爵家の邸だし、夜もすっかり更《ふ》けている。ノックの音だってしなかったはずだ。

あまりの恐ろしさに縮みあがり、反射的にドアを閉めようとしたのに、大きな彼の手が割り込んであっという間に扉をこじ開けてしまった。

「随分な挨拶じゃないか。私は何かシルヴィアを怒らせるようなことをしたのかな？」

無理矢理押し入《い》っておいて、あくまで友好的な態度を取ろうとするレオンが尚恐ろしい。

無意識に一歩下がるとその分、彼も距離を詰め、そしてわたしの頬をするりと撫ぜた。

「……ひっ」

「随分と顔色が悪いね」

眉を下げて、こちらを見やるレオンの表情は見事なまでにに『姪』を心配した『叔父』の顔だ。

一方で彼の空いた片手はわたしの手とさりげなく繋がれ、逃げられないようにしていた。

「お、叔父様ともあろうお方が、こんな時間に勝手にレディの部屋に入り込むだなんて、随分と無粋ではありませんこと？」

この状況をなんとか打破しようと彼に噛み付けば、レオンは愉快そうに口の端を吊り上げる。

「職業柄、相手が逃げるとつい追いたくなるんだよ」

「まぁ！　では他の女性にもこのような真似をしてらして？」

「まさか。だって他の女性であれば、よっぽどやましいことをしていない限り、私から逃げたりなんかしないさ」

片目を瞑《つむ》って茶化して見せるレオンだが、彼の本性を思い出した今のわたしには恐ろしさしか感じられない。表面だけを取り繕った薄ら寒い会話に鳥肌が立ちそうだ。

「……ところで、こんな夜更《よふ》けにどうしてわたくしの部屋の前にいらしたのです？」

なんといっても断罪前夜。それに今夜の彼はなんだか異様に距離が近い。

普段であれば、婚約者の居るわたしの立場を慮《おもんぱか》って一定の距離を保っているのに、今夜のレオンはやけにべったりとわたしに触れてくる。

動揺を悟られない為にも、会話を引き伸ばしたくない。それゆえ単刀直入に用件を聞いたのだが。

「ああ、それはね。……きみが逃げないか監視する為だと言ったら？」

「まぁ、怖い」

大袈裟に驚いてみせるが、あまりにもタイムリーな話題に冷や汗が背中を伝う。

「ねぇ、シルヴィア。机にある宝石は一体なんだい？」

頬を撫でていた手がわたしの顔の輪郭を辿《たど》って顎を持ち上げ、視線を固定する。視界一杯に映るレオンの顔は、何かを探るように目を細めていた。

「あれは明日のパーティで身に付けようかと思っていたものです」

追い詰められそうになったことで咄嗟《とっさ》に嘘を吐く。

交わった視線を逸らすことなく彼を見やれば、うっそりと微笑みを返された。

「ああ、そうなのか。それにしても随分な数を身に付けようとしているのだね」

「どれもお気に入りだから迷っていまして。明日わたくしのドレスを着せるメイドにどの宝石が良いか相談しようと机に置いておいたのです」

「そうなのか。ところで、先程よりもさらに顔色が悪くなっているね」

「具合が悪かったものですから」

「きみは具合が悪いのに、鼻歌を口ずさむのかい？」

息が吹きかかる程の距離で見詰められて、たじろぎそうになる。こんなことなら鼻歌なんか口ずさまなければ良かったと、内心頭を抱えてももう遅い。

（……大丈夫。わたしが逃げようとしている証拠なんかどこにもないんだもの。だから落ち着いて、この場はやり過ごせば良いの）

自分を鼓舞して、なんとか逃げる算段を考える。

「なんだか今日の叔父様はわたくしを追い詰めようとなさるのね」

どうかこれで引いてほしいと祈りながら、わざとらしく顔を伏せて、ショックを受けたフリをする。

「すまない。どうにも先程、私の顔を見たシルヴィアが慌てて扉を閉めたことがショックだったようだ。拒絶されたようで」

「もう！　叔父様ったら」

頬が引き攣《つ》りそうになるのを懸命に堪《こら》えて笑みを作ると、彼はもう一度だけ、まじまじとわたしの顔を覗き込んでから身体を離した。

「まだシルヴィアと話していたいところだけれど、今日はもう遅い。だから、今夜のところは退散することにしよう」

そう言うと、レオンはそのまま呆気なく身を翻して部屋から出て行った。

扉が閉まったのを確認した私は安堵感からその場に座り込む。

（怖かったぁ）

情け無いことにすっかり腰を抜かしてしまっていて、しばらく立てそうもない。すぐに部屋を出るとまたレオンと鉢合わせしてしまうかもしれないから、ちょうど良いと思うことにした。

◇◆◇

レオンが去ってから数時間後。

念の為にかなりの時間を置いたから、空がすっかり白み始めてしまった。

焦りを覚えた私はもう様子を窺《うかが》う時間はないと、ハンカチに包んだ宝石を手に取り、部屋の扉を開けた。

（良かった。誰も居ない）

キョロキョロと辺りを見渡して足を踏み出す。最初の目的地は勿論、先程わたしが行こうとしてレオンに阻まれた衣装部屋だ。

首尾よく辿《たど》り着いたわたしはそこで地味目なドレスに着替え、下着類と宝石を小さな旅行用の鞄に詰める。

その足で屋敷を抜け出そうと、誰もいない玄関ホールを抜けて、扉を開けた時だった。

「きゃ……」

グイッと腕が引っ張られて、何者かに抱き締められた。

「シルヴィア。こんなに朝早くからどこに行く気だい？」

耳に届くのは感情の篭っていない平坦な声。しかしどういう訳か言いようのない恐ろしさが喉元まで込み上げた。

「……叔父様」

「その荷物は？」

持っていた荷物を奪われ、目の前で検分されようとしている。下着類すら入れてある鞄なのだ。それを見られそうになる羞恥心と逃亡が露見しそうな恐怖から声を荒げる。

「別に叔父様には関係のないことでしょう！」

「けれど、シルヴィアが荷物を持つのは珍しいから気になってね。普段であれば使用人に持たせているのに、どうして今日に限って自分で荷物を持ち、こんな時間に屋敷を出ようとしているんだい？」

静かに問い詰める彼の声は決して大きくない。だというのに、その声は凄みを帯びていて、聞いているだけで凍りつきそうな程に冷ややかなものだった。

どうしよう。何か言って弁明した方が良い。

それが分かっていても、普段向けられることのない彼の苛立ちがビリビリと肌から伝わって、その迫力から喉がひりついて言葉が上手く出てこない。

「弁明すらしないのか」

静かな嘆息にビクリと肩が跳ね上がる。彼の肩を押して、震える足でこの場から駆け出して逃げようとも思った。しかしきつく抱擁された彼の腕が堅牢な檻となって、わたしの行動を阻んだ。

「はな、して……」

「私から離れてどこに行く」

少しずつ背中に回された腕の力が増していく。

じわりじわりと正体を露わそうとしている彼の執着。

わたしの怯えが彼に伝わったのか、彼の声は更に鋭いものになった。

「まさか今になってシルヴィアが私から逃げようとするなんてね。さて、シルヴィアは一体どうして屋敷から抜け出そうなんて考えたのだろう？」

真実なんか言えるわけがない。沈黙を守ろうとすれば、ふわりと身体が浮いた。

「おじさま……？」

軽々とわたしを横抱きにした彼は、歩みを進めていく。突然視界が高くなったことで、落とされないようにと防衛反応が働き、咄嗟《とっさ》に彼の首に自分から抱き付いてしまった。

逃げようとしていたくせに自分から彼に縋《すが》るような行動をするなんて。

そんなことを考えていたのも束の間で、彼が近くに停めてある馬車にわたしを乗せようとしていることが分かると、どうしようもない焦りが込み上げた。

「お、おろしてっ！」

「駄目だよ。だってきみは私から逃げようとしているじゃないか」

長い足はあっという間に馬車に辿《たど》り着く。強引に馬車に乗せられ、奥へと追い込まれた。

完全に逃げ場を絶たれたことへの絶望から目の前が真っ暗になる。

私の隣に乗り込んだレオンが御者に指示をして、馬車が動き出す。

俯《うつむ》いて逃亡の策を練ろうとするわたしに、レオンは苛立たしげに眉を顰《ひそ》めた。

「シルヴィア。何を考えている？」

わたしの思惑を探ろうとするきつい眼差しに顔が上げられない。

だがその反応が彼の怒りの導火線に火を付けたようだった。

「こちらを見なさい」

再び顎を持ち上げられたかと思うと、そのまま端正な彼の顔が近付いた。

え、と思った時にはもう遅い。

唇が重ねられ、そして彼の舌が口内へと侵入したのだ。

「……ふっ……んん」

信じられない気持ちで抵抗する。しかし腕は呆気なく彼に捕らえられ、唯内《こうない》の蹂躙《じゅうりん》を更に深めただけだった。

（なんでこんなことに……）

昨日までは確かに『叔父』と『姪』の関係だった。その関係が今崩れ去ろうとしていることに怯えて、舌先で凌辱を繰り広げる彼の唇を強く噛む。

「……っ」

息を張り詰めたのは果たしてどちらだろう。もしかしたら、二人同時かもしれない。一瞬止まった彼の動き。しかしすぐに、口付けが深まっていく。

口に広がる血の味に目眩《めまい》がする。息苦しさから頭を振ってどうにか彼から離れようとしたのに、今度は後頭部を押さえられ、わたしが逃げようとするのを許さない。

「……んんっ」

わざとらしく歯列をゆっくりとなぞられる。

それから、まるで支配者は自分だと教えるように、今度はレオンがわたしの舌を柔らかく噛んだ。

「い……っ、ん……」

痛みは殆《ほとん》どない。けれど、もしかしたら今度はもっと強く噛まれるかもしれないという恐怖から身体が強張って抵抗する力が抜けていく。

そんなわたしによくできた、と褒めるようにレオンがわたしの頭を優しく撫でて唇を離す。眦《まなじり》には生理的な涙が溜まり、潤んだ瞳で彼を睨むことしかできない。

「まだ抵抗するつもりかい？」

氷のように冷たい手でわたしの頬を撫で、そしてまた唇を重ねられる。

結局、馬車の中でのキスはわたしが大人しくなるまでの間、ずっと繰り広げられていた。

◇　◆　◇

レオンの屋敷に到着したところで、馬車が止まる。

彼はわたしの腰を抱えてエスコートする。それを流されるまま受け止めたのは、また抵抗して痛い目を見たくなかったからだ。

(まるでよく躾《しつ》けられた犬ね)

地下の階段を降りたところで、彼の手が不埒《ふらち》に臀部《でんぶ》を撫でる。

「……っ、何をっ！」

人通りが少ない場所とはいえ、使用人も通る廊下だ。そんな所で一体何をするのかと信じられない思いで、彼の手を跳ね除けようとした。

「また抵抗するかい？」

それは抵抗すれば、またわたしの身体に教え込んでやるぞという脅しの言葉だった。

その効果は覿面《てきめん》で、ピタリと抵抗を止める。彼は満足そうに喉奥でクツクツと嗤《わら》うが、瞳の奥底では冷静にわたしの行動を観察しているようにも見えた。

「一体どこに連れて行こうというのですか？」

触れられる感触から自分の意識を逸らそうと質問をすれば、彼の笑みが一層濃くなる。嫌な予感が膨れ上がった。

「シルヴィアが入ったことのない私のお気に入りの部屋だよ」

意味深に視線が向けられる。蕩《とろ》けるような甘い微笑み。だというのにそれを向けられると寒気がする。

「……どうしてその部屋に向かっているのですか？」

逃亡しようとした矢先に何故、今までレオンがひた隠しにしていた秘密の部屋へと向かうことになったのか。

本能が警鐘を鳴らす。しかしどうする間もなく目的地に着いたようで、唐突にレオンの歩みが止まった。

「ああ、ここだ」

わたしの質問に彼は答えなかった。懐から鍵を取り出して、解錠する。

重々しい扉が開く。光の差し込んだ部屋の中には無数の絵と人形が所狭しに飾られていた。

「これは……」

そのモデルは全てわたしだった。人形は一体ずつ年齢が違うようで、大きさはバラバラだ。

けれど、その人形達が身に付けているのは紛《まぎ》れもなく、わたしが幼い頃に着たことのあるドレスばかりだった。

「やっと、この部屋にきみを呼ぶことができた」

わたしの反応を見たレオンは満足そうに微笑んで、額に口付けを落とす。

「ひっ」

記憶を取り戻す前ならば喜んで受け入れていたそれだが、今は恐ろしさから、短い悲鳴しか出てこない。

自分に妄執を向ける、紛《まぎ》れもない異常者が隣に立っていることが怖い。

もはや取り繕《つくろ》うこともできないわたしは、身を震わせて怯えを露わにしてしまった。

「シルヴィアも見てご覧。良くできているだろう？　最初はきみの父上にプレゼントしてもらっていたのだけれど、折角だから細かい指示も出したくてね。今は自分で注文しているんだが……今年作らせた人形なんかはほら、睫毛《まつげ》の長さすらも一緒だ」

恍惚と語る彼の表情には、自分が異常なことをしているのだという自覚が微塵もなさそうだ。

「い、いやっ！」

半狂乱になって暴れる。彼はどうしてわたしが暴れているのか理解できていないらしく、困ったように頬を掻く。

「こら。そんなに暴れては危ないだろう」

幼い子を叱る口調でわたしを嗜《たしな》める。死に物狂いの抵抗をしたところで、今まで荷物一つ自分で持ったことのないわたしの腕力では、騎士団の総帥まで昇り詰めた彼に敵うはずもない。

「は、離してっ。わたしに触らないで」

「シルヴィア。そんなに強い言葉を口にしてはいけないよ」

悠々とわたしを抱き抱えたレオンに、革張りのソファーまで運ばれる。

そのまま押し倒されると、どこを向いても人形と絵が視界に映り、それらがわたしを見下ろす形になる。

「い、いやっ。いやよ！」

レオンの肩を押して、少しでも距離を取ろうとした。だというのに、鍛え上げられた彼の体躯はピクリとも揺らぐことがない。

「ほら、シルヴィア。そんなに強い言葉を口にしてはいけないと教えたばかりだろう。まぁ、おいおい私が教えていけば良いだろうが」

暴れるわたしをよそに、彼はあっという間にわたしの服を剥ぎ取る。異常者の前に一糸まとわない無防備な姿を曝《さら》け出した心もとなさに恐怖が駆り立てられる。

「やめて……、何をするの……？」

「密室で二人きりになった男女がすることなんて一つだろう？　それともシルヴィアは私の口から細かく教えて欲しいのかい？」

軽口を叩く彼の余裕が憎らしい。けれどそれ以上に碌《ろく》な抵抗すらできない自分の力のなさが悔しくて堪《たま》らない。

ボロボロと涙を溢《こぼ》せば、彼はそこに口付けて舐めとる。社交会で女性陣を虜にする端正な美貌が近付く。しかし今のわたしにはそれが悍《おぞ》ましさの象徴に成り下がってしまった。

「いや。触らないでって言っているじゃない」

乱雑に床に捨てられた服を見やる。

人形達はきちんと服を着ているのに、わたしだけが裸なのが惨めでたまらない。

先程よりも口調を荒げて怒鳴り付けてみても、彼はそれに困ったように笑うだけ。

まるで言葉の通じない怪物を相手にしているみたいで、尚更絶望が胸に広がる。

(ああ、このままじゃ本当に犯されてしまうわ)

なんとか彼に一矢報いてやりたいとは思うものの、どの言葉ならば彼に届くのか考える余裕もない。ただ感情のままに、怒鳴り散らす。

「叔父様なんかもう嫌いよ!」

「なん、だって……?」

ピタリと動きを止めたことで光明が差した気がした。しかしそれは気のせいだ。

「……ひっ」

感情の抜け落ちた彼の表情。昏《くら》く澱《よど》んだ彼の瞳と目は底なし沼のような闇が広がっている。

「シルヴィア。その言葉はいけないなぁ」

凍えるような冷たい声に背筋がぞっとした。レオンの逆鱗に触れたのだと嫌でも理解する。あまりの迫力に身体が萎縮して動くこともできない。

身体を硬直させていると彼はやんわりと頬を撫でて、唇を重ねた。

「……ぁ」

触れるだけの短いキスはきちんとわたしが大人しくしているか確認する為のものだったらしい。

力ずくで足を開かされ、膝が腹につく程に折り込まれる。

レオンの眼前に自分の秘部を曝《さら》け出す形をとられ、喉が引き攣《つ》った。

圧倒的な支配者を前に、感情的な罵倒を口にした愚かさの報いを、今、受けようとしている。

「お願いですから見ないで」

先程までの威勢とは打って変わって、か細い声での懇願。

しかし彼は無言のまま、わたしの性器をじっくりと覗き込む。

俯《うつむ》いているから彼の表情が分からない。いっそのこと足を閉じようとも思ったけれど、それをすれば更に状況が悪くなることは明白だ。

望まないまま自分の恥部を人に見せている屈辱。それを耐える為に唇を噛んで、目を閉じる。

しかし視界を自ら閉じたことで、彼の息遣いまでもが如実に伝わり、その吐息が鋭敏に肌を突き刺す。

「少し潤んできているね」

長い時間が経ったと思う。その後で、彼はポツリと呟いたかと思うと、唐突に今まで眺めていただけのその場所に舌を伸ばした。

「や……ぁ」

粘膜が擦り合う音はいやらしく、甘やかな吐息が溢《こぼ》れ出た。

敏感な肉芽を舌で突いて、転がされると、身体が小刻みに跳ねてしまう。

「これしきの愛撫でシルヴィアは嫌いな相手にすら、悦《よろこ》んでしまうのか。随分と淫乱《いんらん》なものだ」

彼の嘲《あざけ》りに白い肌がみるみると紅潮していく。言い返そうと口を開けば、その声は自分でも聞いたこともない甘やかなものに変わってしまっていた。

「あ……んっ」

「ははは。可愛いものだ」

愉悦を含んだ嗤《わら》い。悔しくて堪《たま》らないのに、身体は与えられる快楽を素直に反応して楽しむ。これでは彼の言う通り、本当に自分は淫乱《いんらん》なのではないかと思い込んでしまいそうだ。

花芯の上を舌が往復するたびに下腹部が甘く疼《うず》く。

今では口を開いてもいないのに、鼻を抜けた嬌声が溢《こぼ》れてしまいそうになるので、慌てて口元を手を覆う始末。けれど塞いだところで、くぐもった声で反応してしまう。

「ふっ……んんっ」

強烈な快楽からくたりと四肢の力が抜けていく。散々甚振《いたぶ》られて濡れそぼった陰核を更に吸いつかれると、声を抑える余裕すら剥ぎ取られる。

「ひっ……ああぁ……！」

「おや。もう『止めて』と言わないのかい？」

ぬけぬけと言ってのける彼が持つ余裕を見せ付けられる。力の差だけではない男女間の経験値の差をまざまざと見せつけられたような気分になり、やるせなさすら感じる。

「あ、ぁ……んっ……」

ただでさえ快楽に喘いでいるのに、更に彼は豊満な胸の飾りに手を伸ばす。

「触っていないのに、もう硬くなっているじゃないか」

くにくにと指で摘まれて甚振《いたぶ》られる。男の手ですっかり良いようにされていた。その事実が眠っていた被虐心に火を付ける。

「やっ……あぁ」

すっかり硬くなった胸の尖り。それを掌全体を使って撫でられると、腰を揺らして悦《よろこ》ぶ。

「シルヴィアは此処を自分で触ったことがあるかい？」

「ぁ、ありません」

そんなはしたない真似、したことない。

「では天性のスキモノか」

「はぁ、んんッ」

言葉で嬲《なぶ》られているのに、強く陰核を吸い上げられると目の前にチカチカと閃光が走る。その衝動のまま大きく身体をくねらせて痙攣《けいれん》すると、一気に力が抜けた。

「ああ。達したか」

経験したことのない強烈な快楽に疲れて眠くなる。しかし、彼がそれで許してくれようはずもない。

「シルヴィア。まだ眠るのは早いよ」

ペチペチと頬を叩かれる。構うものか。もう寝てしまおうと思ったのに、レオンは容赦なく藤壺に指を入れてわたしを起こした。

「……ぃ」

今まで誰も侵入したことのないその場所を開かれて、ひりついた痛みが走る。

「ああ。狭いね」

その声は妙に弾んでいた。まだ第一関節だというのに、彼が少し指を動かすだけで、圧迫感に苦しむ。

「いたい……」

眉根を寄せて痛みを訴えれば、先程まで感じていた快楽を呼び起こすように陰核を親指の腹で優しくさする。

「シルヴィア。大丈夫だからゆっくりと力を抜きなさい」

浅く蜜口を撫でて、時間を掛けて抜き差しを繰り返される。徐々に深い場所まで嬲《なぶ》られると、その分だけ潤んだ淫音が大きくなっていく。

結局痛みを感じたのは最初だけ。

慣らされた後は、再び甘やかな声でレオンを楽しませることになった。

「ああっ、ん」

腰を揺らし、貪欲に男の指を強請《ねだ》る自分はなんて欲深いのだろう。

既に男の指を三本も咥《くわ》え込み、涎を垂らして美味しそうにしゃぶっている。

白く泡立つ程に指をかき混ぜられると身も世もなく喘ぐしかない。

細い喉をのけぞらせ、愛液を撒き散らす。尻を伝って、革張りのソファーまで溢《こぼ》れるソレはきっと淫《みだ》らな染みになることだろう。

すっかり懐柔された身体は今やどこを触られても、身体をくねらせて悦《よろこ》ぶことしかできない。

「そろそろ良いか」

「ぁ……」

指が抜けていくと喪失感から、物欲しそうな声が洩《も》れる。

しかしそのまま視線を下にやるとレオンは下肢を緩めて、硬く屹立《きつりつ》した怒張を露わにさせた。初めて目にした男性器。指とは比べ物にならない大きさのモノが腰にあてがわれている。

最初から自分は服を剥ぎ取られているというのに、彼は下肢を緩めただけ。殆《ほとん》ど肌を露わにすることなく、蹂躙《じゅうりん》される屈辱。

けれどそんなことを考える余裕があったのはほんの一瞬。男の欲望が一気にわたしの身体を貫く。

「あ、いや、あ、あぁっ」

すっかり潤んで蕩《とろ》けた蜜壺の内壁が収縮し、男を歓迎する。

長時間慣らされたことで痛みはない。指で触れられることのなかった最奥を滾った屹立《きつりつ》でノックされれば、快楽の火花を散らす。

「ああ、シルヴィア……！　ようやく一つになれたね」

何度も何度も執拗なくらいに彼はわたしの名を呼ぶ。

狂信的な彼の想いを体現するように彼の怒張は熱く、大きく膨らんで媚肉を責め立てていく。

はじめはわたしの様子を見る為にゆっくりだったものが、徐々に激しく揺さぶるようになり、視界が上下にせわしなく動く。

「あ、あ……叔父様ぁ！」

灼熱の杭を一身に受け止め、ただ喘ぐ。

汗と体液で互いの肌はグチャグチャに濡れている。

やがて彼のモノが一際大きく膨れ上がり、身体の中に熱い飛沫が勢い良く弾け飛んだ。

そしてその瞬間。気力を振り絞ったわたしは、彼の耳元で甘やかに囁《ささや》いた。

「あなたなんか、きらいよ」

それは紛《まぎ》れもなく仕返しの言葉。

男が絶頂に浸る余韻なんか残してやるものかという今のわたしができる唯一の復讐。

だって彼は先程わたしに嫌いだと言われて、激情を見せたのだ。

であれば、その怒りを利用させてもらう。

たとえもう一度彼の怒りを買ったとしても。

彼だってわたしの意志を無視して、こんな部屋で純潔を奪ったのだ。

それならば、このような仕返し可愛いものだろう。

行為の最中、この時だけを待っていた甲斐もあって、レオンが目を見開いて驚く顔が見れた。

そのことに満足して、わたしは最後に微笑んでみせるのだった。

◇
◆
◇

次に目を覚ました時も裸に剥かれたままだった。

窓のない知らない部屋。日が差さない暗くてジメジメとしたその部屋に、わたしは一人きりだった。

起き上がろうとすれば、鈍痛に呻《うめ》く。

痛みに顔を顰《しか》めれば、ふと身体の違和感に気が付いた。

「なにこれ……」

まず最初に見えたのは、たわわに実った胸の飾りに嵌《は》め込まれた銀色の輪っか。輪には少しだけ隙間が空いていて、力を加えることで大きさを調整できるのだと分かる。動揺したまま、足をバタつかせると秘豆も同様のものに締め上げられていることに気が付いた。

まるで指輪のような物がしっかりと装着されているせいで、強制的にその三点の場所が勃起していて、少しシーツが擦れるだけで、敏感に身体が反応する。

（なんて淫《みだ》らな……）

勝手に身体を玩具にされているようで、生理的な嫌悪感が湧き上がる。

こんな物早く外してしまえば良いと、胸に装飾されたそれを引っ張れば、きつく嵌《は》められているせいか上手く外れない。

それどころか引っ張れば引っ張る程に輪は締まり、乳首が大きく立ち上がって、外すことが難しくなった。

それならばと爪で引っ掻いて外そうとすれば、今度は敏感な場所への刺激に甘い声が洩《も》れる。

「ぁ、んんっ」

ただ淫具を取ろうとしているだけなのに、なんてはしたない反応をしてしまうのか。もしもこんな光景を人に見られたら、間違いなくわたしは痴女だと思われてしまうことだろう。

中々外れないことで焦る気持ちは強くなり、とりあえず胸は諦めて、下の淫具に手を伸ばすことにした。

「ひ、っ……ぁあ」

先程まで気付かなかったが、秘豆に施された淫具の内側にだけイボのような凹凸《おうとつ》があり、ちょっと引っ張るだけで、胸の淫具よりも強烈な快楽を生んだ。

「やだぁ……」

じわりと涙が溢《こぼ》れ出る。早くこんな物を取ってしまいたいのに、ちっとも抜ける気配がない。

躍起になってその行為に没頭しているといつの間にか頭上にレオンが立っていた。

「寝台の上で随分と甘やかな声を出すじゃないか。自慰はそんなに気持ちが良いのかな？」

「そ、そんなはしたないことなんかしていませんっ！　ただわたくしは勝手に装着された淫《みだ》らな物を外そうとしていただけです」

慌てて布団で身体を隠す。先程までの姿を見られ、声を聞かれていたのだと思うと羞恥で顔が歪んだ。

「ではシルヴィアはただ外すだけの行為でそんなにも感じてしまうのか」

随分と敏感なことだ、と嘲《あざけ》るレオンに、怒りのボルテージが上がる。

「叔父様が変な物を付けるからでしょう。一体どういうつもりで、このようなことを……！」

「シルヴィアは私の元から逃げ出そうとしたり、私のことを『嫌い』だと言ったからね。何事も最初の躾《しつけ》が肝心だろう？　今後も私を拒絶するようなことをすれば、同じようにお仕置きをしてあげるからね」

彼はベッドに腰を降ろし、にこりと微笑んだ。穏やかなその顔はとてもじゃないがこのような非道を働く人物だとは思えない。だからこそ、彼の性質が『異常』に映る。

「ち、近くに来ないでくださいまし！」

「今言ったばかりだというのに、酷いな。繊細な私の心はその一言で容易く傷付いてしまうよ。まぁ、私はシルヴィアには優しいからね。今回だけは大目に見るが、次からはきちんと仕置きをしていくよ」

「何を言って……」

勝手に話を進めようとする彼に困惑する気持ちが強くなる。顔を強張らせて、彼を見上げれば、一層笑みが濃くなった。

「大丈夫。シルヴィアは初めての行為に戸惑っているだけなのだろう。だから『嫌い』だなんて天邪鬼なことを口にした。私はそのことをきちんと理解しているから、大丈夫だよ」

まるで話が通じそうにないレオンが恐ろしくて仕方がない。すっかり血の気が引いた頬に手が伸ばされるのを慌てて振り払う。

「ああ。そうか。先程初めての行為を終えたばかりだから、まだ照れているのか。なにぶん久方ぶりに処女の子を相手にしたんだ。勝手が分からなくてすまないね」

わざとこのような態度を取っているのならば、まだ救いがある。

でも、レオンの顔は至って本気だった。

（……ああ。どうしてわたしはこの男の異常性に気が付かなかったの？）

記憶が戻らなかったにしても、彼の異常性を見抜けてさえいれば、まだ対処できたのではないだろうか。

けれど、わたしにとってレオンはずっと『優しい叔父』であったのだ。

だから『姪として』慕っていた。

もしも、わたしが彼を嫌っていたら、どうなっていたのか。

『次期王妃』の身分が確固たるものであれば、周囲の人物が助けてくれたのではないか。

自分自身の行動をかえりみても、今更わたしを助けてくれるような奇特な人物なんか現れるはずもない。

「シルヴィア。愛しているよ」

「叔父様。わたくし達は叔父と姪の関係ですのよ。こんなの間違っています」

「ねぇ、シルヴィア。きみはそんな下らない理由で私の愛を否定するのかい？」

彼の眼が剣呑に光る。まずいと思った時には布団を剥ぎ取られて、正面から抱きしめられていた。

「離して……！」

淫具を付けた身体を再び見られたことが恥ずかしくて咄嗟《とっさ》に暴れるが、当然のように彼の腕から逃れられそうにない。彼の香水が鼻を擽《くすぐ》ると、犯されてしまった時の記憶がまざまざと甦る。

「誰が離すか。死ぬまでも、死んでからも手放さない。永遠にきみは私のモノだ。きみだけは絶対に離さない」

「い、いやっ」

咄嗟《とっさ》に打った平手が彼の頬に当たる。

尖った爪が柔らかい頬の肉を傷つけ、うっすらと血が滲《にじ》み出た。

まさか当たるとは思っていなかったから、呆然と彼の顔を見つめていると、レオンは少しの間をおいて、喉の奥で噛み殺すような嗤《わら》い声を出した。

「……少し躾《しつけ》をしようか」

「やっ、やだ。謝ります。だから許して……！」

だって先程処女を散らしたばかりだ。全身がひどい倦怠感《けんたいかん》を訴えているのに、もう一度あのような行為をできるはずがない。

「謝らなくていい。さっき私はシルヴィアに言っただろう？　二度目はない、と。本音を言えばこれくらいのことは許してあげたいところだけれど、甘やかし過ぎるといけないからね。私を拒絶した分の罰をきみの身体で受けてもらおう」

大きな手で胸を揉まれる。先程受けたばかりの快楽の余韻で、肌があっという間に赤らんだ。

「……許して」

「大丈夫。私だって鬼ではない。きみが望まない限り、抱く気はないよ。だから安心して気持ち良くなりなさい」

甘やかすような穏やかな声に、強張っていた身体の力がほんの少しだけ緩む。勿論、本音では彼に触れられない方が良い。だけど、もしまた抵抗をして、これ以上の罰を受けることを想像すると恐ろしさから抵抗する勇気が持てない。

（わたしが自ら望んでレオンを受け入れることなんかないわ）

柔らかな胸が男に触れられるたびに淫《みだ》らに形を変えていく。強制的に立ち上がっている胸の先を指の腹で彼が押し押し潰すと、胸に飾られたリングが根本を刺激し、甘やかな声が洩《も》れた。

「これではご褒美になってしまうね」

彼の苦笑がわたしの痴態を物語っているようで、恥ずかしい。

「それにしてもシルヴィアの肌は雪のように白いね。もしも、縄で縛ることがあったら、すぐに跡が付きそうだ」

それは今後縄による仕置きもあるということだろうか。恐ろしくも淫《みだ》らな未来を想像すると、緊張から触れられる彼の手つきをより強く感じてしまう。

「い、いや。そんなことしないで……！」

「勿論。シルヴィアが良い子にしているようであれば、そのような無体な真似しないさ」

その言葉の意味は、彼に反抗すれば、次は縄で責められるというものなのだろう。

唐突に乳首を引っ張られると、ビクビクと身体が大きく戦慄《わなな》く。

「ひ……っ、ん」

「先程抱いた時よりも随分と敏感じゃないか。シルヴィアは随分とこのリングと相性が良いようだ。そんなに悦《よろこ》ぶのであれば、一日限定のつもりだったが、しばらく嵌《は》めておこうか？　布が擦れるだけで、とても感じられるようになるらしいよ」

恐ろしい彼の提案に首を横に振って嫌だと訴える。そうすると彼はうなじを撫ぜ「首輪も良いかもしれないね」と聞き捨てならないことを呟いていた。

「首輪なんて、ペットにするものでしょう」

「けれどこの先、もしもシルヴィアが私から逃げようとした時に、鈴の付いた首輪をしていれば、見つけやすいじゃないか」

自分が想像していたよりも生々しい理由に、頬を引き攣《つ》らせる。

なんてとんでもない男に捕まってしまったのだろうと現状を嘆き、果たしてこの先、上手く彼から逃げられるのかと考えるだけで、気が重くなる。

「……シルヴィア。そんなに怯えなくても、きみが逃げさえしなければそんなものは着けないよ。だってきみの滑らかな首筋を隠すのは勿体無いからね」

脅しながらも胸の先端を引っ掻く。喉《の》を仰け反らせて悶えるわたしに気を良くしたのか、それからは執拗なくらいに爪で刺激された。

「それ、や、ぁ……っ」

「けれど、シルヴィアは感じているじゃないか。こんなにも気持ち良さそうに喘いでおいて嫌とはよく言う」

「や……ああっ」

「まったく。きみは本当に感じやすいね」

今度は爪を立てて弾いていく。痛みは確かにあるのに、それを上回る気持ち良さが身体を支配する。

「もしかしてシルヴィアは少し痛いくらいが気持ち良いのかい？」

今まで自分ですら知らなかった一面が彼の手で丸裸にされていく。

「ひぁ……んんっ」

「ああ。なんていやらしいんだろう」

あまりに感じ過ぎている自分の反応が嫌で仕方がない。ましてそれで彼が喜ぶのであれば尚更。

けれど心とは裏腹に、身体は彼に触れられるごとに腰を跳ね上げさせて悦《よろこ》ぶ。そうすると陰核に嵌《は》っているリングが割り入れられた彼の膝に擦れ、強い快感を生む。

彼からすれば胸しか触れていないのに、蜜口からは愛液がとめどなく溢《こぼ》れ出て、自身の膝を酷く濡らしているのだ。それでは淫乱《いんらん》と言われても仕方がないのかもしれない。

湿った吐息を吐き出せば、ますます彼は愛撫に熱中する。

しかし彼が触るのはあくまで胸だけだ。

下腹部が甘く疼《うず》いて、触ってほしいと打ち震えていても、そこに触る気がないらしい。

「どうして……っ」

「ん、なんだい？」

「なんで、胸しか触らないの？」

「触って欲しい？」

直接的な問い掛けに唇を噛んで、無言を貫く。

既に身体は汗でしとどに濡れ、更なる快楽を望んでいる。しかし、それを素直に口にするのは恥ずかしくて、焦らされる快楽に悶えていた。

「シルヴィアが望まないのであれば、私はそこに触れる気はないよ」

胸の先端をつねられて、身を捩《よじ》らせる。反射的に大きく動いたからか、レオンの膝に押し付けた陰核のリングの凹凸《おうとつ》が鋭い刺激を与える。その気持ち良さに眦《まなじり》に涙が溜まっていった。

「いっ、ひぃ……っ」

今の刺激のせいで、腰を彼の膝に押し付ければ、望む快楽が得られると分かってしまった。

胸を触られるとそれを口実に身体を震わせることができる。気持ち良くなれるのだということを学習したわたしは、いつしか胸を責められるたびに大袈裟なくらいに腰を押し付けて淫靡《いんび》なダンスを踊っていた。

彼の愛撫を待ち望んでいる。

愛液が音を立てて、わたしが感じていることを彼に知らせていた。

「はぁ……ん」

「ほら。意地を張っていないで、素直になれば楽になれるよ」

トロトロに蕩《とろ》けている場所を弾かれると、ビクリと身体が痙攣《けいれん》して疼《うず》く。

しかし一度切りの刺激では絶頂には至らなくて、より苦しさが増しただけだった。

「……ぁ……っ、や……」

「さぁ、シルヴィア。私が欲しいと強請《ねだ》ってごらん。そうすれば、我慢していた分だけ最高の快楽を得られるよ」

それはまさしく悪魔の誘惑。

耳朶《じだ》に息を吹き掛けて、弱い快楽を与え続けられる。

きっと彼はわたしが屈服するまで止めてはくれない。

それを理解したわたしはボロボロと涙を溢《こぼ》し、そしてついに屈服を宣言した。

「……欲しい」

「うん？　何が欲しいかはっきり言わないと分からないよ」

なんて意地が悪いのだろう。しかしもう悪態を吐くだけの余裕もない。

自分のプライドがレオンの手によってズタズタに引き裂かれていくのを感じていた。

「叔父様が欲しい」

簡潔な、けれども切実な願い。

「ああ。いいよ。シルヴィアが望むなら」

満足そうにレオンが微笑む。素早く下肢を緩めたレオンはわたしの足を大きく割り広げ、一気に貫いた。

「ひっ、あぁ……ん」

暴力的なまでの強い刺激に背中をしならせて喘ぐ。

熱く滾った屹立《きつりつ》を腹の奥底まで咥《くわ》え込むとビクビクと身体が打ち震える。

敏感な場所を怒張で容赦なく擦られれば、待ち望んでいた分の官能がどっと襲いかかり、もう何も考えられなくなる。

「まさか挿れられただけで達したのかい？」

ようやっと甘い快楽の火照りから解放されたのだ。息を吸うことに精一杯で、彼の質問に答える余裕もない。

でもそれが面白くなかったのか、レオンはまだ悦楽に浸るわたしの身体を揺さぶりはじめた。

「やっ、まだ、動かないでぇっ」

呂律の回らない状態で絶叫しても止める気がないらしい。

それどころか、面白がってわざと弱い場所を重点的に責め上げる。

「こんなに熱く蕩《とろ》けて、一生懸命下の口で私のモノをしゃぶるシルヴィアはなんて可愛いのだろう」

激しく揺さぶりながら、硬く尖ったままの乳首をリングごと舌で転がされる。

ただでさえ達したばかりで敏感な身体に、胸の刺激まで与えられて、頭がおかしくなりそうだ。

「もぉ、許してぇ」

子供のように泣きじゃくりながら懇願しても「きみが望んだことじゃないか」と言って、容易く願いを却下されてしまった。

「っ、シルヴィアっ、なんて可愛いんだ。愛している。私達はこれからも、ずぅっと一緒だよ」

熱に浮かされたレオンの告白の意味は、過ぎる快楽のせいで半分も理解できていない。

ただ深く結合したまま奥を揺さぶられると、ジンと背中に甘い痺れが走った。

先に限界を迎えたのはわたしだった。

「ひ、あっ、あぁ……っ、……ん」

白濁に意識が呑まれ、蜜口をきつく締め上げれば、レオンも限界だったらしく、煮えたぎった欲望が腹の奥底に吐き出される。

「シルヴィア……！」

互いにまだ息が荒いまま、力なく彼の胸に頭をうずめると、彼の大きな手がわたしの腹を撫でた。

「早く私の子が宿ると良い」

「それは、わたくしを逃さない為？」

うつらうつらと眠気がやってくる。その微睡《まどろ》みに身を任せてしまったわたしはレオンの返事を聞くことができないまま眠りついた。

「あぁ、そうだよ。その通りだ。シルヴィアも可哀想に。こんな粘着質な男に愛されるだなんて。……本当は、きみが私を愛していないことくらい、きちんと理解しているさ。けれど子供さえできれば、責任感の強いきみは、逃亡を諦めるだろう？　私を愛するのはそれからで良い。可愛いシルヴィア。きみは一体何人の子を孕めば、私のことを愛してくれるのかな？」

逃れることなんかできない苛烈な執着。

その愛は紛《まぎ》れもなく本物だからこそ、尚更にタチが悪いものであった。
この先、彼女はレオンの手によって自由を奪われ続けることになるだろう。
一方的に向けている妄執はただ彼女を苦しめるだけのものである。
それを理解しながらも、レオンはシルヴィアを手放す気は毛頭なかった。

この作品に対する皆様のご意見・ご感想をお待ちしております。
おハガキ・お手紙は以下の宛先にお送りください。

【宛先】
〒150-6008 東京都渋谷区恵比寿4-20-3 恵比寿ｶﾞｰﾃﾞﾝﾌﾟﾚｲｽﾀﾜｰ８F
（株）アルファポリス　書籍感想係

メールフォームでのご意見・ご感想は右のＱＲコードから、
あるいは以下のワードで検索をかけてください。

アルファポリス　書籍の感想　検索

ご感想はこちらから

本書は、「アルファポリス」（https://www.alphapolis.co.jp/）に掲載されていたものを、
改題、改稿、加筆のうえ、書籍化したものです。

悪役令嬢《あくやくれいじょう》はバッドエンドを回避《かいひ》したい

秋月朔夕（あきづきさくゆう）

2023年4月25日初版発行

編集－飯野ひなた
編集長－倉持真理
発行者－梶本雄介
発行所－株式会社アルファポリス
〒150-6008 東京都渋谷区恵比寿4-20-3 恵比寿ｶﾞｰﾃﾞﾝﾌﾟﾚｲｽﾀﾜｰ8F
TEL 03-6277-1601（営業） 03-6277-1602（編集）
URL https://www.alphapolis.co.jp/
発売元－株式会社星雲社（共同出版社・流通責任出版社）
〒112-0005 東京都文京区水道1-3-30
TEL 03-3868-3275
装丁・本文イラスト－ウエハラ蜂
装丁デザイン－ナルティス（原口恵理）
（レーベルフォーマットデザイン―ansyyqdesign）
印刷－中央精版印刷株式会社

ISBN978-4-434-31911-2 C0093